클라라의
만물상점

클라라의 만물상점

청소년 판타지소설 십대들의 힐링캠프, 희망(초등고학년)

[십대들의 힐링캠프®] 시리즈 NO.66

지은이 ㅣ 표혜빈
발행인 ㅣ 김경아

2023년 7월 23일 1판 1쇄 발행
2024년 5월 18일 1판 2쇄 발행(총 5,000부 발행)

이 책을 만든 사람들
책임 기획 ㅣ 김경아
기획 ㅣ 김효정
북 디자인 ㅣ KHJ북디자인
표지 삽화 ㅣ 발라
경영 지원 ㅣ 홍종남
기획 어시스턴트 ㅣ 홍정훈, 한선민, 박승아
제목 ㅣ 표혜빈
책임 교정 ㅣ 이홍림
교정 ㅣ 주경숙, 김윤지

종이 및 인쇄 제작 파트너
JPC 정동수 대표, 천일문화사 유재상 실장, 알래스카인디고 장준우 대표

청소년 기획위원
정가인, 양태훈, 양재욱

펴낸곳 ㅣ 행복한나무
출판등록 ㅣ 2007년 3월 7일. 제 2007-5호
주소 ㅣ 경기도 남양주시 도농로 34, 301동 301호(다산동, 플루리움)
전화 ㅣ 02) 322-3856 팩스 ㅣ 02) 322-3857
홈페이지 ㅣ www.ihappytree.com ㅣ bit.ly/happytree2007
도서 문의(출판사 e-mail) ㅣ e21chope@daum.net
내용 문의(지은이 e-mail) ㅣ hyebin8894@naver.com
※ 이 책을 읽다가 궁금한 점이 있을 때는 지은이 e-mail을 이용해 주세요.

ⓒ 표혜빈, 2023
ISBN 979-11-88758-67-8
"행복한나무" 도서번호 : 168

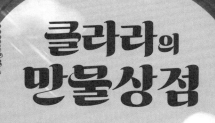

클라라의
만물상점

| 표혜빈 지음 |

행복한
나무

차 례

클라라의
만물상점

클라라의 만물상점

없는 것 빼곤 있을 건 다 있는 만물상점은 구름마을에 있단다.

그런데 만물상점에서 파는 물건들은 좀 특이해.

물건마다 신기한 능력이 있거든.

먹기만 하면 바로 똥이 나오는 알약처럼 시시한 능력부터, 움직이는 속도가 어어엄청 빨라지는 날개 운동화, 투명 인간이 될 수 있는 물안경과 같이 잘만 고르면 꽤 쓸 만한 능력을 지닌 그런 물건들도 있어.

아, 물론 좀 평범한 물건들도 팔긴 해.

스마트폰, 텔레비전 같은 거 말이야.

사실 구름마을 사람들은 그런 평범한 물건들을 더 좋아해. 구름마을에서는 절대 만들 수 없고, 오직 인간 세상에서 구할 수 있는 희귀한 물건이라나, 뭐라나.

　그래서 구름마을 사람들은 '오늘은 어떤 인간 세상 물건들이 들어와 있나' 하며 만물상점을 자주 들르곤 해. 구름마을의 제일 가는 수리공, 마음 수리점 보보 씨도 단골손님 중 한 명이야.

　그럼 구름마을 만물상점은 구름마을 사람들을 위한 상점이냐고?

　아니야, 아니야. 그렇담 이 이야기를 시작도 안 했지.

　구름마을 만물상점의 주인 클라라는 밤에는 구름마을 사람들을 위해 상점을 열고, 낮에는 인간 세상 아이들을 위해 상점을 열어.

　낮에 상점을 열 땐, 인간 세상 어딘가에 요상한 기운을 풍기며 인간 아이들이 오게끔 만든단다.

클라라가 언제 잠을 자는지는 나도 몰라. 잠 안 자도 되는 약이나 음식, 뭐 그런 거 먹었겠지.

근데 클라라는 마음 수리점 보보 씨랑 좀 반대랄까.

보보 씨는 갈색 수염이 북슬북슬하고 덩치가 우락부락하지만 속은 따뜻한 사람이야.

인간 아이들의 고장 나버린 마음을 수리하는 수리공이잖아.

하지만 클라라는 엄청 예쁘고 친절할 것 같은데 차가워. 아주 냉철한 장사꾼이랄까?

클라라의 만물상점에서 물건을 사려는 손님은 반드시 지켜야할 것이 있어.

일단 첫째, 신기한 능력이 깃든 물건을 얻으려면 반드시 계약서를 작성해야 해.

나중에 다시 환불해 달라고 하면 곤란하니까.

둘째, 물건을 사면 반드시 대가를 지불해야 해.

클라라는 손님이 가진 것 중 물건이 가진 능력에 걸맞는 것을 골라 흥정하지.

마지막으로, 인간 세상 고객님들은 최대 다섯 번까지 클라라의 상점을 이용할 수 있어.

계속 물건을 팔라고 졸라대면 안 되니까.

그러면 클라라의 만물상점은 어디에 있냐고?

힌트는 욕망.

간절히 원하고 또 원하는 게 있다면 누군가는 찾아올 수 있을지도 모르지.

'잘못한 건 철민이 녀석인데 왜 내가 이런 취급을 당해야 해?'

'철민이 녀석을 어떻게 납작하게 눌러주지?'

'하지만 철민이한테 덤비면 절대 못 이겨⋯⋯.'

수재의 마음은 풍선처럼 화가 잔뜩 부풀어 올랐다가

이내 쪼그라들면서 푹 꺼져내렸어.

1.
재수 없는 날

수재의 학교생활이 엉망이 된 건 그날부터였어.

국어 시간, 선생님께선 나에게 가장 소중한 것이 무엇인지 생각해보고 글로 써서 발표도 하자고 했어.

수재는 나에게 가장 소중한 게 뭔지 생각하다가, 최근에 부모님이 사주신 최신형 게임기인 '제로 스위치'가 생각났지.

'초등학생들이 가장 받고 싶은 선물 1위'로 뽑힌 제로 스위치는 가격도 악마 같아서, 웬만한 초등학생은 갖기 힘든 게임기였어.

수재는 열두 살이 된 새해에, 3월 새 학기를 맞아 곧 제로 스위치의 최신 버전이 나온다는 걸 알게 되었어. 그래서 겨울방학 때부터 수재는 부모님께 제로 스위치를 사달라고 졸랐지.

하지만 수재네 부모님은 제로 스위치의 사악한 가격을 보곤, 안 된다고 딱 잘라 거절했어.

그렇게 조르기를 100일, 아빠는 큰맘 먹고 수재에게 말했어.

"수재, 이제 곧 생일이지? 어린이날이고. 아빠가 엄마 몰래 제로 스위치 사줄게."

"정말?! 정말이지?"

"그래. 그 대신 생일 겸 어린이날 선물로 사주는 거야."

수재의 생일은 5월 1일이었거든.

아무튼 아빠의 큰 결심으로 수재는 최신형 제로 스위치를 얻었고, 아빠는 엄마에게 맞을 등짝을 내줘야만 했어.

수재는 제로 스위치를 주제로 쓴 글을 발표했는데, 역시나 많은 친구들이 부러워했어.

쉬는 시간이 되자마자, 친구들은 너나 할 것 없이 수재 주위에 몰려와 호기심에 가득차서 수재에게 게임기에 관해 물었어.

"야, 수재는 좋겠다!"

"나도 해보고 싶다!"

"최신형은 뭐가 달라?"

"한 번만 학교에 가져오면 안 돼?"

아이들은 수재에게 게임기를 학교에 가져오라고 성화였어.

수재는 친구들에게 한껏 자랑하고 싶은 마음에, 가져오겠다고 약속했어.

하지만 그건 잘못된 선택이었지.

다음 날 점심시간, 선생님이 안 계시는 사이 수재는 아이들에게 최신형 버전인 제로 스위치 3.0을 보여주었어.

"와! 진짜잖아?"

"나 한 번만 해보고 싶다……."

"이거 얼마 주고 샀어? 우리 엄마 아빠는 비싸다고 꿈쩍도 안 해."

"수재야, 나중에 너희 집에 놀러 가도 돼?"

아이들은 어제보다 더 빠르게 모여들었고, 수재랑 처음 얘기해 보는 아이들까지도 수재에게 친한 척을 하기 시작했어.

친구들에게 처음 받아보는 관심에 수재는 어깨가 조금 들썩거렸지. 그중에는 철민이도 있었는데, 철민이만큼은 코웃음을 쳤어.

"야, 그깟 게임기 뭐 얼마나 재밌다고 난리냐!"

하지만 철민이도 수재가 부럽긴 했나 봐.

방과 후에 철민이는 수재를 불렀어.

"나 네 게임기 좀 잠깐 빌려줘."

"뭐, 뭐라고?"

"딱 하루만 빌려줘, 정말. 하루만 쓰고 바로 줄게."

"그치만……."

"못 빌려주겠다는 뜻이야? 진짜 딱 하루만이라고."

수재는 적절한 변명거리를 찾으려고 애썼지만, 철민이의 위협적인 말투에 도무지 떠올릴 수가 없었어.

"야, 왕수재 이 쫌생아! 그깟 게임 얼마나 한다고! 하루만 쓰고 준다니까?"

수재는 결국 철민이에게 게임기를 내줄 수밖에 없었어.

철민이는 수재네 반에서 대장 같은 존재였거든.

키도 크고 몸집도 좋은데다, 성격도 거칠어서 웬만해선 애들이 꼼짝 못 하는, 그런 애였어.

그런 철민이의 기에 눌려버린 거지.

그렇지만 수재는 철민이로부터 게임기를 지켰어야 했는지도 몰라.

다음 날, 수재는 학교에 가자마자 철민이에게 물었어.

"철민아. 이제 게임기 줘……."

"아, 깜빡했다. 내일 줄게."

"뭐? 하루만 쓰기로 약속했잖아."

"그럼 안 가져온 걸 어떡해? 글쎄, 내일 준다니까?"

철민이가 도리어 화를 내니 수재는 찍소리도 못하고 그냥 자리로 돌아갈 수밖에 없었어.

또 다음 날, 수재는 철민이에게 게임기를 가져왔느냐고 물었지만, 철민이는 다음 날에 주겠다고 약속했지.

하지만 다음 날도, 또 그다음 날도 수재는 게임기를 받을 수 없었어.

수재는 점점 불안해지기 시작했어.

'이러다 철민이 녀석, 영영 게임기를 주지 않으면 어쩌지?'

'그냥 게임기를 잃어버렸다고 하고 분명 엄마 아빠한테 다시 사달라고 할까? 아냐, 잃어버렸다고 하면 분명 혼나기만 하고 엄마 아빠는 절대 안 사줄 거야……!'

수재는 분하고 억울했지. 더는 가만히 있을 수 없었어.

분명 게임기의 주인은 자기인데 말이야.

수재는 마음속에 화가 가득 찬 나머지, 쉬는 시간에 다짜고짜 철민이에게 소리쳤어.

"야, 내 게임기 어서 내놔!"

"뭐라고?"

"네가 내 게임기 뺏어갔잖아! 하루만 쓴대놓고 벌써 며칠이 지났는데? 이 도둑놈아!"

어디서 그런 용기가 났는지 모르겠지만, 수재는 철민이에게 달려들었어.

하지만 철민이에게 당해낼 재간이 있나.

악을 쓰고 덤볐지만, 결과는 뻔했지.

덩치 차이도 꽤 나는 데다가 철민이가 힘이 보통 세야지.

꼭 황소 같단 말이야.

수재가 더 두들겨 맞기 전에 여자애들이 선생님께 말씀드렸고, 선생님은 교실에 오자마자 수재와 철민이를 떨어뜨려 놓곤 불호령을 내렸어.

"수재, 철민이! 방과 후에 남아!"

다행인 건 선생님께서 수재가 철민이에게 게임기를 돌려주도록 했다는 거고, 불행인 건 그 이후로 수재에게 앙심을 품게 된 철민이가 끈덕지게 시비를 건다는 거였어.

수재가 뭐든 하려고 하면 항상 철민이는 제로 스위치를 걸고넘어졌거든.

또 철민이 녀석은 반 애들을 어떻게 구워삶았는지, 편 가르기를 하며 잘 끼워주지도 않았어. 점심시간에 운동장에 나가 축구를 하는 것도, 방과 후에 노는 것도 힘들어졌지.

왜냐하면 항상 노는 무리의 중심에는 철민이가 있었거든.

"왕수재, 제로 스위치나 할 일이지, 왜 끼워달래? 아, 재미없으면 다시 제로 스위치 하러 가려고? 저 혼자 재밌는 것 다 하려는 재수탱이."

이런 말을 듣는데 수재도 자존심이 있지, 어떻게 계속 끼워달라고 하겠어?

또 이상하게 요즘 휴대폰의 반 채팅방에서 대화하는 일도 부쩍 뜸해졌어.

원래는 항상 누군가가 "오늘 같이 놀 사람?" 하고 채팅방에 올리면 수재도 껴서 제법 잘 놀았거든?

그런데 며칠이 지나도 채팅방에 놀자고 하는 애가 없는 거야. 수재가 먼저 말을 걸어도 대답하는 아이들도 없고 말이야.

하지만 곧 수재는 그 이유를 알게 되었지.

수재는 수학 학원에서 반 친구 재영이에게 물었어.

"재영아, 왜 요즘 채팅방에 애들이 말을 안 해? 이상하지 않아?"

"음, 글쎄……."

재영이는 수재에게 대충 대답하곤 다시 휴대폰을 만지작거렸어.

수재는 답답해 죽겠는데 재영이는 뭐가 재밌는지 킥킥대며 휴대폰을 하는 거야.

"너 뭐해?"

"아, 아냐. 아무것도……. 그냥 재밌는 동영상이 있어서."

"그럼 나도 같이 봐."

"너도 휴대폰 있잖아. 네 것 봐."

수재는 힐끔 재영이의 휴대폰을 봤어.

근데 채팅방 이름이 뭔줄 알아?

'진짜 5학년 2반 톡방'

수재는 재영이의 휴대폰을 덥석 잡았어.

"이, 이게 뭐야?"

"야!"

수재가 있는 채팅방과 달리, '진짜'라고 이름이 붙은 이 채팅방은 1분도 채 되지 않아, 벌써 수십 개의 대화와 이모티콘이 실시간으로 올라가고 있었어.

 ㄴ ㅋㅋㅋㅋㅋㅋㅋㅋㅋㅋㅋㅋㅋㅋㅋㅋㅋㅋㅋㅋㅋㅋ

 ㄴ ㅋㅋㅋㅋㅋㅋㅋㅋㅋㅋㅋㅋㅋㅋㅋㅋㅋㅋㅋㅋ

 ㄴ 야! 도배하지 마!!

 ㄴ 아닌데요, 저는 똥인데요?

 ㄴ ㅋㅋㅋㅋㅋㅋㅋㅋㅋㅋㅋㅋㅋㅋㅋㅋㅋㅋㅋㅋㅋ

 ㄴ 야 너네 때문에 배터리 다 닳고 있잖아!! 그만해!!

 ㄴ 진짜 웃겨!!ㅋㅋㅋㅋㅋ

"이, 이거 언제 만든 거야?!"

"사실, 얼마 전에 철민이가 채팅방 따로 팠거든. 너한테는 말하지 말라고 해서……. 너한테 말하거나 너를 채팅방에 초대하는 사람은 앞으로 없는 사람 취급할 거라고……."

수재는 재영이한테 화낼 수도 없고, 철민이를 당장 찾아갈 수도 없고 너무나도 답답했어.

수재는 학원 수업이 모두 끝나고 재영이를 붙잡았어.

얘기할 친구가 너무 간절했거든.

"재영아, 같이 떡볶이 먹고 갈래?"

"음, 나도 그러고 싶은데 오늘은 엄마가 빨리 오래서……. 미안!"

"재영이 녀석, 피하는 거야 뭐야?"

수재는 툴툴거리며 멀어져 가는 재영이 모습을 좇다가 그만두었어.

하지만 바로 집에 들어가고 싶진 않았지.

집에 있으면 더 답답할 것 같은 느낌이 들었거든.

"쿠우! 형이 왔는데, 나오지도 않고."

수재가 아무리 낚싯대를 흔들어도 녀석은 털끝 하나도 보여주지 않고 그냥 숨어버렸어.

"네가 자주 오지 않으니 녀석도 낯을 가리나 보다."

할머니는 수재에게 줄 우유와 쿠키를 가져다주시며 말했어.

"치, 이것보다 어떻게 더 자주 와?"

"오늘은 뭔 일이 있어서 왔냐, 내 새끼?"

수재는 항상 일이 있을 때마다 할머니네 집에 가곤 했어.

할머니네 집은 편하고 따뜻하고, 또 고양이 '쿠우'를 볼 수 있었으니까.

"자꾸 철민이 녀석이 시비를 걸잖아. 유치하게 편 가르기 하고. 나만 쏙 빼고 채팅방 만들고."

"저번에 그 무슨 스위친가 뭔가 때문에 싸운 애 말이냐?"

"응. 짜증 나 죽겠어."

"사내가 뭘 그리 전전긍긍하냐, 차라리 고 녀석이랑 치고받고라도 싸울 일이지."

"할머니! 내가 걔랑 안 붙어본 줄 알아? 아마 선생님이 안 말렸으면 내 강냉이 한두 개쯤 벌써 털렸을 거야. 걘 아마 멀쩡했을 거고."

"치아란 말도 있는데 강냉이가 뭐냐, 수재야."

"아무튼."

"할머니가 선생님 좀 만나볼까?"

"안 돼! 그럼 철민이한테 또 놀릴 거리를 주는 거란 말이야. 마마보이가 아니고 할매보이라고 놀릴걸."

"쯧쯧. 네 엄마랑 전화 좀 해야겠다."

"아이, 됐어! 그럼 나 갈게, 할머니."

수재는 이번엔 집과 반대 방향에 있는 버려진 놀이터로 갔어.

할머니와 쿠우를 봐도 도저히 마음이 풀리지 않았거든.

아무래도 집에 가고 싶은 기분이 영 아니었어.

코끝이 시큰거리고 입안도 쩍쩍 말라가는 게 힘도 쫙 빠졌어.

'진짜 5학년 2반 톡방이라고? 그럼 내가 있는 채팅방은 가짜냐? 김철민 이 나쁜 놈! 도둑놈!'

버려진 놀이터에 놀러 오는 손님은 없었어.

시소 아래에 있는 고무바퀴는 빠져 없고, 미끄럼틀은 온통 모래투성이였어.

수재는 파란색 페인트가 거의 벗겨진 그네에 털썩 앉았지.

그나마 여기서 탈 만한 놀이기구는 그네뿐이었거든.

다리 힘으로 몸을 앞으로, 뒤로 기울이면서 분하고 억울한 마음을 토해냈어.

'잘못한 건 철민이 녀석인데 왜 내가 이런 취급을 당해야 해?'

'철민이 녀석을 어떻게 납작하게 눌러주지?'

'하지만 철민이한테 덤비면 절대 못 이겨…….'

수재의 마음은 풍선처럼 화가 잔뜩 부풀어 올랐다가 이내 쪼그라들면서 푹 꺼져버렸어.

아이들은 어제보다 더 빠르게 모여들었고,
수재랑 처음 얘기하는 아이들까지도 친한 척을 하기 시작했어.
친구들에게 처음 받아보는 관심에 수재는 어깨가 조금 들썩거렸지.

수재는 조금 고민해 보고는 계약서에 이름을 적었어.

'어차피 그냥 기념품 가게일 뿐인데, 뭐.'

"감사합니다, 인간 손님. 그렇다면 금팔찌를 내어드리지요."

"네. 그래서 얼마라고요?"

"금팔찌의 값은 손님의 '**노력**'입니다."

"노력이요?"

"네. 손님의 '노력'을 금팔찌 값으로 주시면 됩니다."

2.
마음을 읽어주는 금팔찌

버려진 놀이터에서 집으로 돌아오는 길, 터벅터벅 걷는데 아까 걷던 거리와 뭔가 다르달까? 묘하게 줄지어 늘어진 가게도 좀 다른 것 같고.

아무튼 수재는 뭔가 좀 이상하다고 생각했어.

"길을 잘못 들었나?"

다시 돌아가야겠다고 발길을 돌리는 순간, 따뜻한 불빛 아래 유리창 너머로 신기한 물건이 가득해 보이는 가게 하나를 발견했어.

꼭 무슨 골동품 가게 같기도 하고, 기념품 가게 같기도 하고 말이야. 그런데 번듯한 간판 하나 없으니 좀 수상한 가게랄까.

"심심한데, 구경이나 하고 갈까?"

수재는 문을 슬쩍 열고 들어갔어.

가게 안은 먼지가 푹푹 쌓여 있고, 오래되어 빛바랜 진열대가 늘어서 있었어.

근데 정말 별걸 다 파는 거야.

옷, 신발, 장난감 등 없는 것 빼곤 다 있었어.

그래도 가게 주인이 물건을 팔 생각은 있는지, 물건들은 반질반질했어.

바로 그때, 또렷한 여자 목소리가 들렸어.

"어서 오세요, 인간 손님."

수재는 뒤를 돌아보았지.

거기엔 까만색 드레스를 입고 붉은 머리를 한 젊은 여자가 싱긋 웃으며 서 있었어.

키는 남자 어른처럼 아주 커서 180센티미터는 되어 보였고, 피부는 새하얗고 초록색 눈동자가 또렷한 것이, 연예인처럼 색깔 렌즈라도 낀 건가 궁금해졌어.

꼭 만화책에서 자주 보던 마녀의 모습도 떠올랐고 말이야.

"이, 이 가게 주인이세요?"

"그렇답니다, 인간 손님."

이번에도 가게 주인은 싱긋 웃었어.

"여기 물건들은 모두 파는 건가요?"

"그렇답니다, 인간 손님. 하지만 우리 가게 물건들은 그냥 물건들이 아니지요. 특별한 힘이 있으니까요. 그래서 우리 마을 사람들은 이 물건들을 '아이템'이라고 부르지요. 우리 가게는 여러 가지 아이템을 파는 만물상점입니다."

"아이템요? 꼭 게임 같아요."

"어떤 걸 사시겠어요, 인간 손님?"

그때 수재의 눈에 띄는 물건이 하나 있었어.

"음, 저 팔찌는 뭐예요?"

금줄에 초록색 작은 보석들이 박힌 팔찌였어.

반짝거리는 게, 수재의 관심을 끌기에 아주 충분한 물건이었지.

가게 주인은 팔찌를 들어 보이며 말했어.

"이 금팔찌를 말씀하시는 건가요? 보는 눈이 있으시군요. 이 팔찌는 숲속 요정들이 우리 상점에 값싸게 팔아넘긴 물건이지요. 그렇긴 해도 효과는 보장한답니다. 아마 손님께 꼭 필요한 물건일 겁니다."

"효과가 뭔데요?"

"상대방의 마음의 소리를 들을 수 있는 팔찌죠."

"네?"

'그런 게 있을 리가⋯⋯.'

수재는 믿지 않았지만 어쩐지 이 팔찌가 마음에 들었어.

"음, 얼마예요?"

"금팔찌를 사시겠어요, 인간 손님?"

"네, 주세요."

"그렇다면 그 전에 계약서를 쓰셔야 합니다."

언제 들고 왔는지, 가게 주인의 손에는 이미 계약서 같은 종이와 깃펜 같은 게 들려 있었어.

"우리 가게의 물건들은 모두 신기한 힘이 깃들어 있기 때문에 그냥 팔 수가 없지요. 반드시 계약이 필요합니다. 한번 읽어보시지요."

수재는 가게 주인으로부터 계약서를 받아 보았어.

1. 아이템을 구입할 시, 그에 맞는 대가를 지불한다.

2. 아이템을 구입한 후, 환불은 할 수 없다.

3. 아이템의 구입 횟수는 최대 다섯 번으로 제한한다.

"자, 아래쪽에 손님의 이름을 적으시면 거래가 성립됩니다."

수재는 조금 고민해 보고는 계약서에 이름을 적었어.

'어차피 그냥 기념품 가게일 뿐인데, 뭐.'

"감사합니다, 인간 손님. 그렇다면 금팔찌를 내어드리지요."

"네. 그래서 얼마라고요?"

"금팔찌의 값은 손님의 '**노력**'입니다."

"노력이요?"

"네. 손님의 '노력'을 금팔찌 값으로 주시면 됩니다."

"노력을 어떻게 주나요? 노력은 주고 싶다고 줄 수 있는 게 아닌데요……? 눈에 보이는 것도 아니고요."

수재는 가게 주인이 정말 이상하다고 생각했어. 아니면 수재가 모르는 노력의 다른 뜻이라도 있는 걸까?

"그건 걱정하지 않으셔도 됩니다, 인간 손님. 이리 오시지요."

가게 주인은 까만색 드레스를 끌고 계산대처럼 보이는 곳으로 갔어.

계산대 위에는 판판한 네모 모양의 판이 있었어.

나무로 된 갈색 테두리에, 오목한 부분은 투명해서 꼭 거울 같았어.

"손님의 손바닥을 여기에 대시지요."

수재는 가게 주인이 시키는 대로 오목한 부분에 손바닥을 가져다 댔어.

손바닥을 가져다 대니, 꼭 파스를 바른 것처럼 시원한 느낌이 들었는데, 조금 지나니 그 기운이 싸악 사라졌어.

"손님께선 방금 손님이 갖고 계시던 노력을 지불했습니다."

"예? 그게 무슨 말이에요?"

"이제 팔찌를 가져가셔도 됩니다."

"그럼 돈은 필요 없다는 말인가요?"

"이미 값을 지불하셨습니다, 인간 손님."

수재는 어리둥절했지만 마침 잘되었다는 생각이 들었어.

공짜로 팔찌를 얻은 기분이 들었거든.

"그럼 안녕히 계세요."

"또 오십시오, 인간 손님."

수재는 가게를 나왔어.

가게도, 가게 주인도 모두 수상했지만 재미있는 곳이라는 생각이 들었지.

수재는 가방에 팔찌를 챙겨 넣었어.

그러고는 까맣게 잊어버렸지.

그렇게 주말이 지나고, 월요일.

쉬는 시간이 끝나고, 선생님은 저번에 본 수학 서술형 평가지를 나누어 주셨어.

한 명씩 이름을 불렀는데, 점수를 확인한 애들의 얼굴에는 시험을 잘 보았는지, 못 보았는지 티가 났어.

친한 애들끼리 한둘씩 아기 새들처럼 삼삼오오 모여들어 점수를 공유했지.

선생님께서 분명 자기 점수는 자기만 보라고 하셨는데 말이야. 벌써 애들은 자기들끼리 공공연하게 누가 제일 시험을 잘 봤는지 순위까지 매기기 시작했어.

수재도 쭈뼛쭈뼛 자기 시험지를 받아 들었어.

생각했던 것보다 더 못난 점수가 나왔지 뭐야.

그럴 만도 하지. 한 달 전쯤엔 제로 스위치를 하느라 정신이 없었고, 2주 전쯤부턴 철민이 녀석 때문에 공부를 제대로 못 했으니까.

수재는 한숨만 푹푹 나왔어.

바로 그때, 시험지를 받고 촐랑대던 철민이 녀석이 또 수재에게 시비를 걸었어.

철민이는 《피터 팬》에 나오는 후크 선장처럼 수재의 시험지를 낚아챘지.

"뭐 하는 거야? 돌려줘!"

하지만 철민이는 약 올리듯 수재의 시험지를 순순히 돌려주지 않았어.

"와, 이름은 수재인데, 점수가 이게 뭐냐?"

"어서 내놔!"

"이제부턴 이름 바꾸는 게 어때? 왕수재 말고 왕재수로!"

수재는 후크 선장에게 걸려 있는 시험지를 되찾으려 애썼지만 무리였어.

못난 깃발을 되찾으려 애쓰는 피터 팬의 모습은 반 애들의 이목을 집중시키기에 충분했지.

수재의 점수는 이미 반 애들에게 공개된 꼴이 되어버렸어.

수재는 부끄러움으로 얼굴이 온통 빨갛게 달아올랐어.

무엇보다 민지 앞에서 공개 망신을 당해버린 게 너무나도 싫었지.

이게 좋아하는 감정인지 그냥 신경 쓰이는 건지는 잘 모르겠는데, 아무튼 민지에게만큼은 이렇게 초라한 모습을 보여주고 싶지 않았거든.

시험지를 향해 손을 뻗는 사이로, 자신을 바라보는 민지의 안타까워하는 표정이 어른거렸어.

민지까지 생각하니, 수재는 또 다시 화가 나는 거야.

'앞으로도 계속 철민이 녀석에게 당하고만 있을 거야?'

'하지만 싸워선 절대 이길 수 없어……. 철민이 녀석 약점이라

도 잡으면 좋을 텐데!'

바로 그때, 수재는 지난 금요일에 수상한 상점에서 샀던 금팔
찌가 떠올랐어.

'정말 철민이 마음을 읽을 수 있다면……. 철민이 약점만 잡을
수 있다면……. 조금이라도 복수할 수만 있다면…….'

'그래, 속는 셈 치고 한번 껴보는 거야.'

수재는 가방을 열어보았고, 금팔찌는 거기에 그대로 있었어.

5교시를 시작하는 종이 울리고, 종소리가 끝나는 동시에 수재
는 금팔찌를 손목에 끼었어.

"자, 조용!"

선생님은 반 아이들을 조용히 시켰어.

그런데, 책 펴는 소리만 들려야 할 적막한 교실과 다르게, 웅성
대는 말소리들이 순식간에 교실 안을 가득 메우는 거야.

수재는 주위를 둘러봤지만 입을 여는 애는 아무도 없었거든?

'오늘 국어책 안 가져왔잖아? 이런, 망했다!'

'오늘 급식 메뉴는 뭐지?'

'새미는 지금 뭐 하고 있을까?'

'아, 오늘은 6교시네. 체육은 있나?'

'오늘은 아프다고 하고 학원 빠져야겠어…….'

순식간에 많은 소리들이 수재의 귀를 때렸고, 수재는 그만 귀를 막아버렸어.

"윽."

"수재야, 어디 아프니?"

선생님은 수재에게 물으셨지.

선생님의 물음에 애들은 모두 수재를 바라보았어.

수재는 당황스러웠지만, 순간적으로 거짓말을 짜냈어.

"서, 선생님, 머리가 너무 아픈데 보건실에 다녀와도 되나요?"

"알았다. 다녀오렴."

수재가 일어서니, 철민이가 또 시비를 걸어댔어.

"선생님! 왕재수, 아니지 왕수재 똥 싸러 가는 거 아니에요?"

"하하하!"

"철민아, 그런 말 하면 못써!"

수재는 철민이가 무슨 말을 하든 지금은 따질 때가 아니었어.

바로 화장실로 달려갔어.

아무도 없으니 아까처럼 귀를 때리는 수많은 소리들도 사라졌지.

"이 팔찌가 정말 마음을 읽어주는 건가……?"

가슴이 두근거렸어.

수재는 다시 한번 확인하고 싶었어. 진짜 마음을 읽어주는 금팔찌가 맞는지 말이야.

그런데 수재가 교실에 들어서는 순간, 또 수십 개의 목소리가 귓가에 울렸어.

'그래, 이건 분명 마음을 읽어주는 팔찌가 맞아!'

흥분에 젖은 마음을 감추고, 수재는 헛기침하며 국어책을 조용히 펼쳤어.

그리곤 혼자 킥킥거리며 친구들의 온갖 마음의 소리를 들었지.

금팔찌 덕분에 따분한 국어 시간도 금방 지나갔으니, 이보다 더 좋은 보물이 없지 않겠어?

수재는 하루 만에 같은 반 아이들의 비밀을 모두 섭렵할 수 있었어.

누가 누굴 좋아하는지, 수업 시간에 집중하는지 아니면 딴생각을 하는지, 학교 끝나고 뭘 할 계획인지, 생일 선물로 무얼 갖고 싶은지, 시시콜콜한 것까지 모두 알게 된 거야.

뭐니뭐니해도 금팔찌의 최고 장점을 뽑는다면 두 가지가 있는데,

첫 번째로 좋은 건 이제는 더 이상 시험 점수가 못 나올까봐 걱

정하지 않아도 된다는 거였어.

왜냐하면 수재는 선생님의 마음속을 읽어내서 선생님께서 어떤 시험 문제를 낼 지 알 수 있었거든.

'이건 중요한 내용이니까 나중에 시험 문제로 내야겠어…….'

이런 선생님의 마음의 소리를 들을 때면, 수재는 교과서에 빨강 연필로 별 표시를 마구 해놨단다.

게다가 시험 볼 때도 친구들의 생각을 다 알 수 있으니, 굳이 수재가 열심히 공부하거나 문제를 풀 필요도 없었어.

'5라고 쓴 애들이 가장 많네? 그럼 답은 5가 맞겠군!'

'흠, 이건 잘 모르겠는데……. 우리 반에서 수학을 제일 잘하는 애가 아마 반장이었지. 반장은 뭐라고 썼지?'

덕분에 수재는 다음 수학 서술형 평가에서 만점을 받았어.

선생님은 갑자기 오른 수재의 시험 점수에 놀라시긴 했지만, 뭐 그게 금팔찌 때문인지 알 턱이 있나?

그냥 선생님은 '수재가 요즘 열심히 공부했나 보다' 하고 슬쩍 수재에게 칭찬을 건넬 뿐이었지.

"수재야, 열심히 공부했구나?"

두 번째로 좋은 건 철민이의 약점이 뭔지 속속들이 알 수 있다는 거였어.

수재는 야금야금 철민이의 약점을 기억해뒀다가, 철민이에게 복수할 기회를 노렸고, 머지않아 그 기회가 왔어.

철민이 녀석이 수재에게 또 딴지를 걸었거든.

수재는 부모님의 사인을 받아온 시험지를 꺼냈어.

"왕재수! 이번엔 잘 좀 봤냐?"

철민이는 수재를 또 골려줄 요량으로 수재의 시험지를 낚아채 가져갔어.

하지만 철민이 녀석의 약점을 모두 알고 있는 수재는 철민이의 딴지가 두렵지 않았지.

수재는 재빨리 철민이가 가져간 시험지를 도로 가져왔어.

이번에는 피터 팬이 못된 후크 선장보다 빨랐어.

"내놔. 뭐가 그렇게 궁금한데? 자, 됐냐?"

수재는 오히려 도리어 시험지를 당당하게 보여주었어.

온통 동그라미뿐인 수재의 점수에 철민이의 눈은 놀란 토끼 눈이 되었어.

"뭐, 뭐냐?"

하지만 곧 키득거리며 다시 수재를 약 올리려 했어.

"저번에는 부끄러웠나 보네? 하긴, 그럴 만한 점수였지."

"흥, 그래 김철민! 그렇게 나온다이거지?'

"넌 이번에도 똑같은 것 같은데? 보아하니…… 35점?"

수재의 말에 철민이는 얼굴이 붉그락푸르락 해져선, 큰 소리를 냈어.

"누가 내 시험지 훔쳐보래?!"

"내가 네 점수를 어떻게 알겠어? 네가 보여주지도 않고 가방에 구겨 넣어버렸잖아? 혹시 내가 네 점수를 맞춘 거야?"

수재는 능글맞게 모른 척을 하며 물었어.

수재의 말에 주위에 있던 아이들은 킥킥거렸어.

여기서 발끈하면 철민이 녀석은 지는 거야.

점수를 인정하는 꼴이 되니까.

결국 "아니라고!" 하며 우렁찬 소리를 내뱉고 씩씩거리며 자리로 돌아갔지.

수재가 처음으로 철민이 녀석에게 한 방 먹인 거야.

정말이지 쌤통이었어.

사실 놀란 건 철민이만이 아니었어. 친구들도 마찬가지였지.

"원래 수재가 수학을 잘했던가?"

그래도 친구들은 '그런가 보다' 하는데 철민이 만큼은 여전히 수재를 인정하지 않았지. 본래 성격이 뭐 어디 가겠어?

"왕재수, 혹시 커닝이라도 한 거 아냐? 저번 점수를 내가 아는데, 절대 그럴 수가 없거든?"

다음 날, 재영이가 수재를 불렀어. 재영이의 생일 파티에 수재를 초대하려고 말이야.

"수재야, 너도 올래? 아무래도 너한테만 말 안 한 게 조금 찜찜해서⋯⋯. 이번 주 토요일이야. 혹시 괜찮다면 같이 놀자."

"정말?"

"응. 그때 수학 학원에서 했던 얘기, 미리 말하지 못해서 미안했었어."

'역시 재영이가 제일 착해. 마음도 행동도.'

하지만 거기서 물러서면 철민이가 아니지.

철민이는 재영이가 수재를 초대한 걸 언제 알았는지, 재영이에게 으름장을 놓았어.

"야, 손재영. 너 왕재수도 생일 파티에 초대했냐?"

"왜?"

"왕재수 초대한 거 당장 취소해. 오지 말라고 하라고."

"내 생일 파티인데 왜⋯⋯."

"됐으니까, 아무튼 왕재수 초대하기만 해봐, 그럼 네 생일 파티에 다른 애들은 다 못 오게 만들 테니까. 왕재수랑 단둘이 파티하고 싶다면 그렇게 해."

철민이의 협박을 듣고 돌아온 재영이는 고민에 빠졌어.

'진짜 철민이가 다른 애들을 다 못 오게 하면 어쩌지? 그러고도 남을

애지. 진짜 그렇게 할 수도 있어……. 그렇다고 수재한테 다시 오지 말라 할 수도 없고, 으휴…….'

'철민이 녀석, 재영이가 날 초대한 걸 어떻게 알고! 이 나쁜 놈!'

바로 그때, 수재는 철민이에게 또 한 방을 먹일 좋은 수가 떠올랐어. 수재는 학교 끝나고 재영이를 불렀지.

"재영아, 네 생일파티 이번 주 토요일이라고 했지? 그날 나 할머니 보러 가야 해서 못 갈 것 같아."

"아, 그래? 내가 너무 늦게 말했지?"

"아냐. 괜찮아! 그리고 재밌는 게 생각났거든."

"재밌는 거라니?"

수재는 슬며시 웃었어.

"곧 알게 돼."

수재는 철민이의 수학 점수만 아는 게 아니었거든.

철민이는 요즘 어떻게 하면 동영상 채널의 구독자 수를 늘릴까 하는 게 최대 고민이었어.

수재는 철민이의 동영상 채널 이름인 '철민 TV'를 검색했어.

"이름도 어쩜 그리 재미없냐!"

수재는 열 명도 채 되지 않는 철민 TV의 구독자 수에 코웃음을 치며, 가장 최근 영상을 눌러보았어.

"네, 안녕하십니깨 철민 TV의 철민이에요~!
오늘은 우리 동네에서 가장 맵다고 소문난 떡볶이!
바로 '할매떡볶이'를 먹어볼 건데요~"

'학교에서는 온갖 똥폼을 다잡더니, 유튜버 납셨구만! 꼭 자기
랑 어울리는 콘텐츠를 잡았네.'

수재는 킥킥대며 철민이의 영상을 계속 봤어.

"자, 보이시죠? 이 소스만 봐도, 정말 매워 보이지 않습니까?
여기, 할매떡볶이는 다양한 떡볶이 재료들을 넣어주는 게 장점이죠!
떡이랑 어묵은 물론이고, 짠! 소시지도 넣어줍니다!
그럼 제가 한번 먹어볼게요!"

영상 속 철민이는 떡, 오뎅, 소시지를 한 번에 떡볶이 소스에 찍
어, 국물을 뚝뚝 떨어뜨리며 입으로 가져갔어. 그러고는 전부 입
속으로 털어 넣고는 맛있다는 표정을 지었어.

입 주변에는 떡볶이 소스가 덕지덕지 묻은 채로 입안 가득 떡

과 오뎅과 소시지를 우물거리며 활짝 웃는 철민이의 모습을 보고 있자니, 수재는 인상이 찌푸려졌지.

"음~ 역시 할매가 만들어주는 떡볶이가 제일이죠.

엄마도 필요 없습니다. 할매만 있으면 되죠."

'참 말도 안 되는 개그다.'

철민이는 떡을 몇 점 더 집어먹더니, 퉁퉁 붓고 빨개진 입술을 카메라에 들이밀었어.

"스읍, 하! 정말 맵군요. 손자도 울고 가겠어요.

이렇게 매울 땐 뭐다? 짠!"

바로 그때, 영상 속에서 어떤 아줌마 목소리가 들렸어.

"김철민! 이노무 자슥, 뭐하냐! 대답도 안 하고!"

철민이의 방문이 열리고 뽀글거리는 파마와 아줌마 얼굴이
보이려고 할 때쯤, 화면은 다음 장면으로 넘어가버렸어.

"자, 제가 편의점도 털어왔는데요!
요즘 새로 나온 신상이죠~ 바로!"

'편집도 구린 게, 무슨 유튜버를 하겠다고, 쯧쯧!'

그리고 토요일, 재영이의 생일 파티 날. 수재는 가짜가 되어버
린 침묵의 채팅방에 철민 TV의 '할매떡볶이 먹방' 영상 주소를 복
사해서 올렸어.

1분도 지나지 않아, 곧 채팅방은 후끈 달아올랐어.

ㄴ 이게 뭐임?

ㄴ 잘못 올렸다; ㅈㅅㅈㅅ 지우겠음!!

수재는 반 친구들이 영상을 볼 시간을 충분히 준 다음, 영상 주소를 지웠어. 모른 척하며 아주 천천히 말이야.

그 사이 재영이 생일 파티에 온 애들은 난리가 났어.

"야! 수재가 무슨 영상 올렸는데, 봐봐!"

같은 반 친구인 장원이는 주변 친구들에게 영상을 보여주었어.

"스읍, 하! 정말 맵군요. 손자도 울고 가겠어요.

이렇게 매울 땐 뭐다? 짠!"

아이들은 깔깔대고 웃었지.

"잠깐! 뭐야, 이걸 어떻게……."

철민이의 얼굴은 빨갛게 달아올랐어.

"야, 철민이 엄마도 나오는데?"

"철민아, 이 사람 너네 엄마 맞지?"

"어디 봐봐!"

"나도 영상 주소 보내줘!"

장원이는 수재가 지웠던 영상 주소를 다시 채팅방에 올렸고, 아이들은 영상 주소를 클릭하고 영상을 보느라 정신이 없었어.

그리고 다들 어찌나 웃어젖히던지, 철민이는

"그만 보지 못해?!"

하고, 장원이의 휴대폰을 뺏어 휙 던지고는 그만 재영이네 집을 나가버렸어.

"으악! 내 휴대폰!"

월요일 아침, 수재가 실내화 주머니를 정리하고 교실에 들어가려는데, 철민이의 쫄병, 규민이가 수재를 불렀어.

"왕수재! 잠깐 따라와."

왠지 철민이가 시켰을 것 같은 느낌이 들었지.

하지만 수재는 별로 두렵지 않았어.

수재는 규민이를 따라 4층으로 내려갔지.

선생님도 없고 애들도 없는 한적한 목공실이었어.

특별실은 항상 잠겨 있는데, 철민이는 무슨 수로 들어왔는지 모르겠단 말이지.

들어와 보니 철민이가 팔짱을 끼고 분노로 가득 찬 얼굴로 서 있었어.

"너, 너, 왕재수! 내 유튜브 주소를 어떻게 안 거냐? 너 토요일 에도 일부러 채팅방에 내 영상 주소 올렸지?"

철민이는 으르렁댔어.

하지만 수재는 오히려 더 능청스럽게 연기했어.

"난 그냥 우연히 네 채널을 발견했을 뿐이야. 그리고, 너 못 봤 냐? 내가 실수라고 했잖아. 바로 영상도 지웠고. 이미 애들이 본 걸 나보고 어쩌라고?"

"이 새끼가……."

철민이는 금방이라도 한 대 칠 기세였어.

하지만 수재는 그와 동시에 잠시 스쳐 간 철민이의 생각을 읽 었지.

"왜? 한 대 치려고? 네 아버지께서는 학교에서 전화 오는 거 싫 어하신다며?"

"뭐라고? 너, 너!"

"그리고 너 새미 좋아하잖아. 새미는 그렇게 네가 싸우는 거 안 좋아할 텐데."

"정말? 철민이 너 새미 좋아했어?"

"이, 이게! 너 그동안 나를 염탐한 거야?"

"네 표정만 봐도 다 알겠던데."

"넌 잠깐 나가 있어."

철민이는 규민이에게 말했어.

더 이상의 비밀 누설을 방지하기 위해서인 것 같았지.

"왕재수, 그때처럼 맞고 싶지?"

분노로 가득 찬 철민이의 모습은 꼭 헐크 같았어.

"그만두는 게 좋을 거야. 네 쫄병이 나갔으니 이제부턴 나도 봐 주지 않아."

"뭐라고?"

수재는 그 순간부터 철민이가 한 생각을 그대로 읊어주었어.

'이 녀석 뭘 믿고 갑자기 까부는 거지?'

"이 녀석 뭘 믿고 갑자기 까부는 거지?"

'도대체 어떻게 다 아는 거야?'

"도대체 어떻게 다 아는 거야?"

'뭐야? 이 녀석?'

"뭐야? 이 녀석?"

'혹시 내 생각을 읽고 있나?'

"혹시 내 생각을 읽고 있나?"

철민이의 두 눈이 커져 금방이라도 튀어나올 것 같았지.

그럴수록 수재는 더욱더 진지한 얼굴을 유지했어.

그리고 마음속으로 숫자를 세기 시작했어.

'하나, 둘, 셋.'

"으아아악!"

철민이는 소리를 지르며 튀쳐 나갔어.

수재의 예상이 맞은 거야.

"철민아!"

규민이가 철민이를 따라가는 소리가 들렸어.

수재는 철민이에게 휴대폰으로 문자를 보냈지.

> 한 번만 더 나한테 시비 걸어봐. 그땐 나도 더는 봐주지 않을 거니까.
>
> 네 비밀을 난 이미 다 알고 있거든.

그날 이후로 철민이는 수재에게 더는 시비를 걸지 않았어.

애들은 사뭇 달라진 철민이의 태도에 이상해했단다.

한편, 마음을 읽어주는 금팔찌 덕에 덤으로 좋은 게 또 하나 있었어. 민지에게 말 걸 기회를 만들 수 있게 되었거든.

'오늘 집에 가기 전에 치루에게 밥 주고 가야지.'

'치루? 밥은 또 뭐고?'

수재는 민지가 만나러 가는 치루가 누군지 궁금했어.

수재는 민지를 따라가 보았어.

민지는 1층으로 내려와 신발을 갈아 신고는 학교 건물을 돌아갔어.

분리수거 창고가 보였고, 민지는 주변을 휙 한 번 돌아보고는 창고를 지나 더 깊숙이 들어갔지.

죽 늘어진 학교 건물 사이에 조그맣고 막다른 골목이 나왔어.

민지는 웅크리고 앉아 '야옹' 하고 고양이 소리를 냈지.

조금 뒤에, 회색 새끼 고양이가 살금살금 기어 나왔어.

"치루! 잘 있었어?"

민지는 가방에서 참치 통조림을 꺼내어 따서는 새끼 고양이 앞에 가져다 놓았어.

녀석은 배가 고팠는지 갸릉거리며 참치 통조림으로 달려들었어.

하지만 몇 점 삼키고는 참치 통조림에서 떨어지려 했어.

그러고는 헛구역질 같은 걸 하는 것 같았어.

"치루! 왜 그래? 어디 아파?"

수재는 치루의 마음까지 읽을 수는 없지만 왜 그런지 알 것 같았어. 수재는 어렸을 때 고양이를 키웠거든. 지금은 할머니네 집에 있지만 말이야.

"아무래도 입안이나 어딘가에 염증이 생긴 걸 거야."

수재는 조심스럽게 다가가며 민지에게 말했어.

민지는 벌떡 일어났지.

"왕수재? 네가 여기까지 어떻게 왔어?"

"아니, 그냥 고양이 소리가 들려서……."

"그건 그렇고, 염증이 생겼다고?"

"아마 음식물을 삼키고 그런 게 힘들어서 그럴 거야. 우리 고양이도 그런 적이 있거든."

"그럼?"

"동물 약국에 가서 항생제를 먹이면 될 것 같은데……."

"우리 동네엔 동물 약국이 없는걸. 멀리 가야 해."

"아마 우리 집에 있을지도 몰라. 내일 가져올게. 아, 그리고 아직 새끼 고양이라 밥은 좀 더 부드러운 걸 주는 게 좋을 거야."

"음, 고마워……."

'왕수재, 의외네?'

민지가 인사를 하자, 수재는 살짝 얼굴이 붉어졌어.

이건 철민이 때문에 화가 나서 얼굴이 붉어지는 것과는 조금 다른 느낌이랄까.

"됐어! 그만 갈게!"

다음 날, 수재는 민지와 함께 고양이 치루에게 약을 먹였어.

참치 캔 통조림에 섞어주었지.

"금방 낫진 않을 거야. 그때까진 잘 신경 써줘야 해."

수재는 치루의 털을 쓰다듬으며 말했어.

"아하."

"근데 치루는 왜 여기 있어? 엄마는?"

"몰라, 나도. 저번에 애들이랑 점심시간에 피구를 하다가 우연히 발견한 거야. 공이 이리로 튀었거든. 가엾어서 가끔 보러 와. 먹이도 챙겨주고."

"네 용돈으로?"

"당연하지. 그럼 누구 돈이게?"

"비쌀 텐데."

"그래서 자주 못 와."

"선생님이나 다른 어른들한테 물어보는 건?"

"어른들이 얘가 학교에 이렇게 있는 걸 허락할 것 같아?"

'바보야.'

'윽, 바보라니.'

그렇지만 수재는 싫지 않았어.

자기가 멋대로 민지의 마음을 읽은 거니까.

또 수재한테 직접 표현하지도 않았고.

"흠, 그러네."

"분명 어른들은 학교에서 키우면 안 된다고 할 거야. 치루를 다른 곳에 보낼 거고. 그래서 좀 더 성장할 때까지만 내가 보러 오는 거야. 언젠가는 혼자 살아갈 수 있겠지."

"그때까지 안 들키고 잘 자랐으면 좋겠다."

"고마워. 덕분에 지식 하나 알았다. 우리 집은 엄마가 알레르기가 심해서 털 있는 동물들은 절대로 못 키우게 하거든."

"아하."

잠시 말이 끊겼다가 수재는 민지에게 물었어.

"혹시 나도 치루 보러 와도 돼? 궁금할 것 같아서."

"내 고양이도 아닌걸. 당연하지. 치루도 네가 오는 거 반가워할 거야. 생명의 은인이잖아."

"좋아."

수재는 처음으로 민지와 친해진 것 같은 기분이 들었어.

'이 금팔찌를 사길 정말 잘했어!'

"그럼 이 운동화 살게요!"
"감사합니다, 인간 손님. 그렇다면 날개 운동화를 내어드리지요."
"네. 얼마예요?"
"날개 운동화의 값은 손님의 '**끈기**'입니다."

3.
몸이 빨라지는 날개 운동화

수재는 금팔찌가 정말정말 마음에 들었어.

수재는 시험 볼 때, 학원 갈 때, 심심할 때, 언제든 항상 금팔찌를 끼고 다녔어.

생각해 보면 수재는 금팔찌가 생긴 뒤론 정말 노력이란 걸 하지 않아도 되었어.

시험을 잘 보기 위한 노력, 친구들과 잘 지내기 위한 노력 같은 거 말이야.

그래서 가게 주인이 수재한테 노력을 값으로 지불하라고 한 걸까?

아무튼 수재는 필요할 때마다 노력하지 않고도 사람들의 마음을 읽고, 얻고 싶은 걸 얻을 수 있게 되었지.

수재는 만약 그 기념품 가게를 또 가게 된다면 가게 주인에게 고맙다고 인사라도 하고 싶었어.

학교 체육대회가 다가오면서, 오랜만에 열리는 행사에 며칠 전부터 학교 분위기가 들썩들썩해졌어.

오후에는 운동장에 선생님들이 모여 여러 나라의 국기가 달린 긴 만국기 깃발을 달고 계셨지. 구름 한 점 없는 하늘에 만국기가 펄럭거렸어.

"자, 오늘 마지막 6교시는 체육대회 종목별로 선수를 뽑겠어요."

"오예!"

선생님 말씀에 애들은 환호성을 질렀어.

"일단 단체 종목은 박 터트리기, 단체 줄넘기가 있어요. 그리고……"

"선생님, 개인 종목은요?"

"개인 종목은 2인 3각, 큰 공 굴리기, 승부차기가 있고……, 마지막으로 계주가 있네요."

눈치 싸움이 시작되었단다. 아이들은 모두 친한 친구와 함께 체육대회 종목에 참여하고 싶어 했어.

또 '큰 공 굴리기'처럼 제일 재미있어 보이는 종목에 아이들이 몰렸고, 경쟁은 치열해졌어.

"자, 인원수가 넘는 종목은 가위바위보로 정하자."

"가위바위보!"

수재는 눈치싸움에 실패하고 가위바위보에서도 져버렸어.

아무리 금팔찌를 껴도 가위바위보는 이길 수 없었거든.

가위바위보를 하기 전에 뭘 내야겠다는 생각을 애들이 해야 하는데, 그냥 생각 없이 가위바위보를 하는 애가 있는가 하면, 손을 내밀기 직전에 생각하는 애도 있어서 말이야.

"그럼 남는 건……, 수재가 계주에 들어가야겠는걸?"

계주는 남자 셋, 여자 셋, 총 여섯 명을 뽑아야 했는데, 남자 한 명이 부족하지 뭐야.

선생님 말씀에 계주에 먼저 들어갔던 애들이 난리가 났단다.

수재가 달리기를 못하는 편은 아니었지만 그렇다고 해서 계주 선수가 될 만큼 뛰어나진 못했거든.

게다가 계주는 체육대회에서 가장 중요한 종목이었기 때문에 잘못했다간 반 애들의 미움을 받기 십상이었어.

"아, 선생님! 계주가 제일 중요하고 점수도 높은데요, 계주를 먼저 뽑아야죠!"

"하지만 마땅히 들어가고 싶은 애들이 없잖니? 어쩔 수 없어."

"그럼 차라리 제가 한 번 더 뛸게요!"

"그런 규정은 없어. 안 돼. 그리고 누구나 개인 종목 하나씩은 다 뛰어야 해. 그럼 수재가 들어갈 곳이 없잖니?"

계주 선수 애들은 어떻게든 수재를 다른 종목 애들과 바꾸려고 했지만, 다들 단칼에 거절했어.

결국 수재가 계주 선수로 뛸 수밖에 없었지.

"애들아, 우리 계주 순서 정해야 돼."

민지가 말했어. 민지는 5학년 여자 중에서 달리기를 잘하기로 유명했어.

지금까지 민지가 속해 있던 반은 항상 계주에서 1등을 차지했지.

운동에 별달리 재능이 없는 수재가 민지를 좋게 보는 이유 중 하나였어.

하지만 지금 가장 큰 문제는 바로 수재를 어떤 순서에 뛰게 할 지였지.

"여자, 남자, 여자, 남자 순으로 간단 말이지……. 순서 어떻게 할까?"

"수재를 어디다 넣지?"

"먼저 넣는 게 유리할까, 나중에 넣는 게 유리할까?"

계주 선수가 될 아이들은 수재를 깍두기 취급했어. 못하는 건 사실이었으니까.

"못하는 사람은 먼저 넣고, 잘하는 사람이 역전할 수 있게 나중에 넣는 건 어때?”

“그게 좋겠다.”

“근데 격차가 너무 벌어지면 나중에 역전하는 게 오히려 더 힘들지 않아?”

“맞아, 그리고 아무리 잘해도 그렇게 너무 벌어지면 힘 빠져서 잘 못 달려.”

“그럼 잘하는 애들이 먼저 치고 나가게 먼저 뛰자.”

“좋아!”

“그럼, 수재가 맨 마지막이 되네……?”

“할 수 있지? 우리가 많이 벌려놓을 테니까 넌 그냥 넘어지지만 말고 뛰면 돼.”

“아, 알겠어…….”

수재는 그저 수긍하는 수밖에 없었어.

수재는 벌써 계주 뛸 일이 걱정스러웠단다.

‘계주는 못하면 애들한테 욕먹기 딱 좋은데!’

‘우리 반 애들만 보는 것도 아니고, 다른 반 애들까지 다 보는 건데…….’

‘어휴, 왜 하필 또 나야?’

‘그날 아프기라도 했으면 좋겠다……, 제발.’

"재영아, 만약 내가 계주 잘하지 못하면 어떡하지? 심지어 애들이 날 마지막 주자로 넣었어."

"못하면 욕먹는 거지 뭐."

"윽, 역시."

"지금이라도 연습해."

"그게 연습한다고 갑자기 되냐?"

수재는 재영이와 학교에 나오는데, 저번에 갔던 수상한 가게 주인과 맺었던 계약서 내용이 떠올랐어.

'계약서 내용 중에 아이템을 다섯 개까지 살 기회를 준다고 했었지……! 혹시 계주를 잘 뛸 수 있는 아이템도 있지 않을까?'

수재는 집으로 곧장 가지 않고 버려진 놀이터 쪽으로 갔어.

조금 더 골목으로 들어가니, 기억 속에 점차 희미해져 갔던 가게의 모습이 눈앞에 보이면서, 다시 선명하게 떠올랐어.

수재는 서둘러 들어갔지.

지난번이랑 똑같이 온갖 기묘한 물건들이 다 있었는데, 수재 말고도 손님이 있었는지 뭔가 조금씩 물건들이 달라진 것 같았어.

또 가게 안에는 오래된 나무 냄새도 났는데, 그게 싫지 않았어.

"어서 오십시오, 인간 손님."

"아, 안녕하세요!"

수재는 가게 주인에게 인사했어.

그리고 감사하다고도 말했어.

"저번에 금팔찌를 주셔서 감사했어요. 저한테 꼭 필요한 물건이었던 것 같아요!"

"제값을 치르고 판 것일 뿐인데요. 손님은 그만한 값을 지불하셨습니다."

가게 주인은 싱긋 웃었어.

하지만 차가운 미소였지.

"오늘은 어떤 아이템을 사시겠어요, 인간 손님?"

"음, 혹시 달리기를 잘 할 수 있는 그런 것도 있나요? 꼭 필요해서……."

"그렇다면 날개 운동화를 추천해 드리지요."

가게 주인은 가장 안쪽에 있던 진열대에서 운동화를 꺼냈어.

운동화는 아주 평범하고 어디에서나 볼 수 있는, 그런데 누가 신었는지 중고매장에서나 볼 수 있을 것 같은 운동화였어.

신기한 건, 운동화 뒤에 꼭 하얗기도 하고 투명하기도 한 실낱 같은 게 폴폴거리며 움직이는 것 같기도 했어.

"이 운동화는 구름마을 신발 상점에서 제작한 운동화지요. 원래 주문했던 주인이 따로 있었지만, 이제는 이 운동화를 신을 수 없게 되어서 우리 상점에 헐값으로 팔아넘겼답니다."

"이 운동화를 신으면 달리기를 잘할 수 있나요?"

"달리기뿐만이 아니지요. 이 운동화를 신는 순간, 걷기든 운동이든 손님이 움직이려 하는 모든 동작이 빨라지지요."

"그럼 이 운동화 살게요!"

"감사합니다, 인간 손님. 그렇다면 날개 운동화를 내어드리지요."

"네. 얼마예요?"

"날개 운동화의 값은 손님의 **'끈기'**입니다."

"이번엔 끈기인가요?"

"네. 손님의 '끈기'를 날개 운동화 값으로 주시면 됩니다."

"음, 네 알겠어요."

수재는 저번처럼 계산대에 놓인 판에 손바닥을 가져다 댔어.

이번에도 손바닥에 파아랗고 시원한 기운이 감돌다가 이내 사라졌어.

수재는 어떻게 값을 지불하는 건지 궁금했지만, 가게 주인이 알려줄 것 같지 않았어.

또 혹시 비위를 건드리기라도 하면 더 이상 물건을 팔지 않을까 봐 걱정되기도 하고 말이야.

'저 비밀은 나중에 기회가 된다면 물어봐야지. 지금은 아니야……!'

"이제 됐나요?"

"네, 인간 손님. 방금 날개 운동화값으로 '끈기'를 지불하셨습니다."

이번에도 사실 수재 몸은 별로 달라진 게 없는 것 같았어.

하지만 가게 주인이 지불했다고 하니, 별 수 있나.

"감사합니다!"

"또 오십시오, 인간 손님. 이제 세 번 남았습니다."

수재는 날개 운동화를 품에 안고 집으로 돌아갔어.

날개 운동화의 효과는 정말로 엄청났어!

수재가 '어디를 가야겠다'라는 생각을 하고 움직이면 평소보다 정말 두 배, 아니 최대 세 배까지도 빠르게 이동할 수 있었거든.

학교 가는 시간도 원래는 10분쯤 걸렸는데 3분 만에 도착하기도 하고 말야.

"선생님! 다 풀었는데요?"

"벌써?"

"왕수재, 왜 이렇게 빨라?"

심지어 교과서 문제를 풀 때도 수재가 제일 빨랐어.

수재는 꼭 마치 자기 시간만 빨리 감기를 하는 것 같은 기분이 들었지.

날개 운동화의 효과는 금팔찌만큼 편하고 짜릿했어.

드디어 체육대회 날이 되었어.

계주는 체육대회 일정에서 마지막 종목이었어.

계주는 반의 자존심이 걸려 있는, 가장 경쟁이 치열한 종목이거든.

"자, 이제 마지막 종목! 각 반 계주 선수들 이제 앞으로 나오세요!"

수재는 체육 선생님 말씀에 따라 앞으로 나갔고, 계주 선수들은 한곳에 모여 몸을 풀었어.

모두 반에서 좀 뛴다는 아이들이라 그런지 팔다리가 길쭉길쭉했고, 얇지만 단단해 보였지.

수재도 아이들을 따라 어색하게 몸을 풀었어.

"자, 여학생들은 이쪽으로, 남학생들은 저기 과학 선생님 따라가세요."

여학생들이 먼저 출발선에 섰어. 민지가 빨간색 배턴을 들고 뛸 준비를 했어.

반대편 라인에서 다음 타자인 기범이도 배턴을 받을 준비를 했지.

"탕!"

"와아아아아아!"

애들은 일제히 뛰기 시작했어.

예상대로 민지가 월등히 앞섰지.

민지는 한 발 한 발 내딛는데, 모래를 밟을 때마다 힘이 넘쳤어.

길죽한 팔다리를 휘저으며 내달렸고, 긴 머리카락이 넘실거렸어.

"민지 멋지다!"

수재네 반 쪽에 있는 스탠드에서 환호성이 터져 나왔어.

애들은 목청이 터져라 응원하기 시작했고 말이야.

민지가 제일 먼저 도착했어.

그리고 기범이가 배턴을 받아 곧장 트랙을 따라 뛰었어.

기범이도 빨랐지만 노란색 배턴을 든 5반 애가 추격하기 시작했지.

하지만 기범이가 먼저 다음 주자인 유미에게 넘겨주었어.

"예! 5학년 2반 잘한다!"

"화이팅!"

유미는 곧장 트랙을 따라 내달렸고, 점점 자기 차례가 다가오니 수재도 조금 긴장되었어.

이번에는 파란색 배턴을 든 4반 애가 바짝 추격해 왔어.

유미는 거의 다 왔을 무렵 자기도 모르게 뒤를 힐끗 돌아보았는데, 그 바람에 진수에게 배턴을 넘겨줄 때 살짝 삐끗했어.

그 사이 4반의 다음 주자가 먼저 출발했어.

진수도 추격하기 시작했지.

진수가 출발하자마자 수재는 라인 위에 섰어.

다른 반 애들을 따라 배턴을 받을 준비를 했고 말이야.

'갑자기 하필 트랙을 뛸 때 날개 운동화의 효과가 사라지면 어떡하지?'

별별 생각이 다 들었어.

바로 그때, 진수가 다음 선수에게 넘겨주려는 찰나, 갑자기 선수들끼리 뒤엉켜버렸지 뭐야. 진수가 유진이에게 넘겨주려 할 때, 5반 애가 유진이를 치고 가버렸어.

유진이는 몸의 중심을 잡느라 애썼고, 그 사이 4반과 5반이 앞서게 되었지.

수재네 반 애들은 흥분하기 시작했어.

"5반 애들 유진이를 치고 가다니, 반칙 아냐?"

"맞아! 비겁한 녀석들!"

"승부에 눈이 멀었구만!"

"이건 반칙 맞아, 이 비겁한 놈들!"

솔직히 수재가 보기엔 선수들이 뒤엉키다 보니 실수한 것일 뿐 고의 같진 않았거든.

그래도 수재네 반 아이들을 분노하도록 만들기엔 충분한 장면이었지.

이제 수재의 차례가 다가왔어.

"마지막이 수재야……."

"아, 앞에 애들이 차이를 크게 벌여놨어야 했는데!"

"실수를 좀 많이 했어!"

"아, 이건 끝났다. 못 이겨……."

일어서 있던 애들은 하나둘씩 앉기 시작했어.

유진이는 망연자실한 눈빛으로, 그리고 포기한 눈빛으로 수재를 보며 마지막으로 배턴을 넘겨주었어.

수재는 배턴을 받아 마지막 결승 띠를 향해 달렸어.

그런데 잘 못 뛸 거라고 생각한 건 괜한 걱정이었달까.

자기만 빼고 모두 슬로우 모션을 걸어놓은 것 같았거든.

달리면서도 그걸 느낄 수 있었어.

수재의 한 걸음, 한 걸음이 점차 선수들의 간격을 좁혀갔지.

"야, 왕수재 좀 봐!"

"뭐야? 수재가 따라잡고 있어!"

"와아아!"

수재는 달리면서도 자신을 보는 아이들의 표정 하나하나를 관찰할 수 있을 정도였어.

그 정도로 빨랐지.

그렇게 5반 애를 따라잡고, 곧 1등으로 달리고 있던 4반 애를 제쳤어.

결국 수재는 결승 띠를 몸에 걸었고, 달콤한 승리를 맛보았단다.

"삐익!"

"5학년은 2반, 4반, 5반, 1반, 3반, 6반 순으로 들어왔습니다!"

"와아아아!"

아이들은 환호성을 지르며 뛰쳐나왔어.

제로 스위치 사건 이후로, 반 아이들이 수재에게 이만큼이나 많은 관심과 응원과 환호를 보낸 건 처음이었단다.

"야, 너 이렇게 잘하는데 왜 티를 안 냈어?"

"거의 육상선수급인데?"

"민지보다 더 잘 뛴 것 같은데?"

수재는 처음 받아보는 애들의 관심에 머쓱해졌어.

순전히 자기 능력으로 얻은 승리는 아니었지만 그래도 기분은 좋았지.

수재네 반은 계주 종목에서 1등을 해서 그 덕분에 150점을 받고 5학년 중 1등을 차지하게 되었어.

수재도 순식간에 5학년 2반의 영웅이 되었고, 처음 맛보는 짜릿한 기분에 흠뻑 취했단다.

다음 날, 수재네 교실에 체육 선생님이 찾아왔어.

"애들아, 여기 수재라는 친구 있니?"

"네, 있어요!"

"야, 체육 쌤이 너 불러!"

아이들은 수재의 어깨를 툭툭 치며 말했어.

수재는 영문도 모르고 밖으로 나왔지.

"무슨 일이세요?"

"네가 수재구나? 잠깐 선생님 좀 보자."

수재는 선생님을 따라 교무실로 갔다.

"자, 여기 앉아봐."

"무슨 일이세요?"

"선생님도 어제 다 봤다."

"네? 뭘요?"

'으악, 이럴 줄 알았으면 금팔찌라도 끼고 나오는 건데. 혹시 내 비밀을 눈치채신 건가?'

수재는 말을 더듬거렸어.

"어제 계주에서 달리기 말이다……. 네가 역전시킨 것 다 알아."

"예? 예……."

"그래서 말인데, 혹시 우리 학교 대표로 육상 대회에 나갈 생각 없니?"

"예? 육상 대회요?"

'내가 육상 대회라니……. 선생님께서 그런 말을 꺼내실 줄 몰랐어.'

"그래. 어제 선생님이 보기엔 네가 상당히 재능이 있는 것 같아서 말이야."

"음, 하지만 전……."

"그래, 이렇게 갑작스럽게 물어보니까 당황스럽지? 원래 별로 관심이 없었을 거야."

"음, 네……."

"계속 하라는 건 아니고 그냥 한번 나가보라는 거야. 이번에 해보면 관심이 생길지도 모르고."

선생님은 몇 번이고 수재를 설득했어.

결국 수재는 선생님의 권유에 못 이겨, 일단 육상 대회를 준비하는 아이들의 연습에 참여해 보기로 했어.

물론 선생님의 장단에 조금 맞춰주다 그만둘 생각이었지.

방과 후에 선생님은 육상 대회 예비 참가자들을 불러 모았어.

거기에는 수재네 반 민지도 있었단다.

"자, 이제 오늘부터 육상 대회를 준비할 거다.

일단 선생님이 참가할 학생을 모집했는데, 생각보다 꽤 많은 친구가 들어왔어.

그래서 아마 여기 있는 친구들 모두가 우리 학교 대표로 나갈 수는 없을 거야.

일단 연습을 같이 해보고, 그다음에 대회에 나갈 친구들을 뽑도록 하겠다.

그리고 이번 육상 대회에서 성적이 잘 나오면 상금도 있고, 잘하면 전국대회까지 나갈 수 있으니까 관심 있는 친구들은 열심히 준비해라, 알겠지?"

"선생님! 상금이 얼만데요?"

"에잇, 전국대회에 관심을 가져야지, 상금을 물어보냐?"

"에이, 선생님! 상금도 중요하다고요."

상금이라는 말에 수재는 살짝 호기심이 들었다.

'상금까지는 받고 끝낼까?'

체육 선생님은 아이들에게 스타트 하는 방법과 뛸 때 저항력을 낮추고 빠르게 달리는 방법도 가르쳐주었어.

하지만 수재에겐 별로 필요하지 않은 기술이었지.

날개 운동화가 있었으니까.

며칠간 연습을 해도 결과는 달라지지 않았어.

남학생 중에서는 수재가 독보적 1등이었어. 물론 너무 티가 나게 하지는 않았지.

누군가가 이상한 텔레비전 프로그램에 제보하거나 그러면 안 되잖아. 수재도 그 정도의 센스는 있거든.

한편, 수재는 매번 이기는 짜릿함에 육상 연습에 나가는 게 이제 즐거워졌지.

체육 선생님도 수재의 달리기 실력에 흐뭇해하셨어.

교장 선생님이 운동장에 아이들을 보러 오실 때면 체육 선생님은 수재를 입이 마르도록 칭찬하셨고, 그럴 때마다 수재는 어깨가 으쓱해졌지.

이제 교장 선생님도 수재를 알아보셨고, 다른 반이나 다른 학년 애들도 '차기 육상선수'라는 타이틀로 공공연하게 수재를 알아보았어.

오늘 학교 내에서 육상선수를 뽑기 전, 마지막 연습을 끝냈어.

학교에는 남아 있는 애가 거의 없었지.

운동장은 온통 노랗게 물들어 갔단다.

수재도 가방을 메고 같이 연습한 애들을 따라 집에 가려는데, 여자애 중에 아직도 연습하고 있는 애가 있었어.

수재는 민지란 걸 단박에 알아보았지.

수재는 마른침을 꿀꺽 삼키곤, 연습하고 있는 민지에게 다가갔어.

민지는 가볍게 제자리 뛰기를 하며 몸을 풀고 있었지.

긴 머리카락도 같이 너풀거렸어.

"너, 안 가?"

수재는 용기 내어 민지에게 물었어.

치루에게 같이 약을 먹인 이후, 처음으로 수재가 먼저 말을 건 거였지.

"난 좀 더 하다 갈 거야."

민지는 땀을 훔치며 말했어.

"왜?"

"왜긴, 내일 선수 뽑는 날이니까."

민지는 항상 연습 때마다 끝까지 남아서 더 하고 가곤 했어.

"뭐 하나 물어봐도 돼? 좀 바보 같은 질문이야."

"뭔데?"

"왜 그렇게 열심히 해?"

"대회에 나가고 싶으니까."

"대회에 나가서 뭐 하게?"

"1등 하는 거지."

"1등 하면 뭘 하는데?"

수재의 계속되는 질문에 민지는 슬슬 짜증이 나는 것 같았어.

"내 꿈은 육상선수가 되는 거야. 그래서 이번 대회에서 꼭 1등

할 거고.”

“여학생 중에는 네가 제일 잘하는 것 같은데. 내일도 네가 뽑힐 거고.”

“내 목표는 우리 학교에서 1등이 아냐. 그러는 넌 갑자기 뭐야?”

“뭐가?”

“내가 모를 줄 알아?”

민지는 날카롭게 대꾸했어.

“너 원래, 달리기 잘 못했던 거 알아. 작년에도 너랑 같은 반이었으니까.”

“그건……”

“갑자기 달리기를 잘하게 됐잖아. 어떻게 된 거야?”

“그, 그동안 티를 안 냈을 뿐이야.”

“그럴 리가?”

민지는 눈을 가느다랗게 뜨고는 수재를 의심하듯 보았어.

“혹시……, 도핑 뭐 그런 건 아니겠지?”

“지금 내가 이상한 약물이라도 마셨다는 거야?”

“그게 아니고선 설명이 안 되잖아. 하긴, 그럴 리는 없겠지. 어쨌든 각오해! 내일 너보다 훨씬 더 잘할 테니까.”

민지는 수재와의 대화를 끝내고, 마지막 전력을 다해 뛰었어.

얼굴에는 땀방울이 가득했지.

'어차피 남자랑 여자랑 같이 뛰지도 않는데 나보다 더 잘할 거라니······.'

'저렇게 열심히 연습하는 게 무슨 의미가 있지? 연습하면 달라지나? 달리기는 타고난 능력 아닌가?'

하지만 수재는 일단 그런 생각들보다, 민지에게만큼은 좋은 모습을 보여주고 싶었어.

다음 날, 수재는 예상했던 대로 학교 대표 타이틀을 따냈고, 체육 선생님을 따라 전국대회도 나가게 되었지.

교장 선생님으로부터 상도 받았어.

우리 학교를 빛낸 상이라나 뭐라나.

아무튼 운동회를 계기로 반 애들은 수재와 친해지고 싶어 했어.

공부도 잘하고 운동도 잘하니 수재의 인기는 조금씩 올라갔고, 덕분에 수재가 철민이에게 당했던 지난날은 금방 아이들 사이에서 잊혀갔지.

"수재가 원래 그렇게 공부를 잘했었나? 시험 보면 항상 100점이야!"

"선생님이 내는 문제도 항상 정답이고 말이야!"

또 점심시간만 되면 남자애들이 수재에게 같이 축구하러 나가

자고 졸랐어.

달리기가 빠르고 공도 뻥뻥 잘 차니, 수재네 팀이 항상 이겼거든.

수재는 친구들의 평가에 만족스러웠어.

뭐, 진짜 자기 능력으로 잘하게 된 것은 아니지만 말이야.

민지도 수재의 달리기 실력을 의심했지만 결국 인정해 주었고.

수재도 처음에는 아이템을 쓰는 게 조금 불안하고 부담스럽기도 했지만, 친구들에게 인정도 받고 어떤 일이 닥쳐도 술술 풀리니, 이젠 아이템을 쓰는 게 자연스럽고 익숙해져 갔어.

'뭐, 이런 아이템을 갖게 된 것도 나의 능력 아니겠어? 게임에서도 어떤 아이템을 갖고 있느냐가 중요하잖아. 이것도 똑같은 거지.'

"그럼 이번에는 이 물안경을 살게요! "

"감사합니다, 인간 손님. 그렇다면 물안경을 내어드리지요."

"네. 얼마예요?"

"물안경의 값은 손님의 **'용기'**입니다."

"용기요?"

"네. 손님의 '용기'를 물안경값으로 주시면 됩니다."

4.

투명 인간이 되는 물안경

왜 있잖아, 인기 있는 가수들도 말이야.

아무리 노래를 잘 부르고 예쁘고 멋있어도 모두가 그 가수를 좋아하는 건 아니잖아.

100명 중 90명쯤은 그 사람을 좋아하고 10명쯤은 별로 안 좋아할 수도 있는 거지.

수재는 누가 자기를 좋아하는지 뿐만 아니라 누가 자기를 싫어하는지까지 다 알게 되었어.

왜긴, 금팔찌가 있으니까.

하지만 어쩌겠어?

수재의 금팔찌나 날개 운동화는 사람들의 마음까진 조종할 수 없는걸.

그런데 수재는 하루 내내 금팔찌를 끼고 있잖아.

그러니까 그런 친구들의 마음속까지 계속 들을 수밖에 없었어.

좀 스트레스받는 일이긴 하지.

'수재 녀석이 원래 그렇게 공부도 잘하고 운동도 잘했나?'

'철민이한테 당하던 녀석이 어떻게 저렇게 며칠 사이에 변할 수가 있지?'

'수재 녀석, 요즘 잘난 척하고 으스대는 게 정말 꼴 보기 싫어!'

처음에는 수재도 그냥 넘기긴 했는데, 한번 알고 나니까 걔랑 뭔가 대화하는 상황이 생기면 자기도 모르게 날카로운 말을 툭툭 뱉어내게 된단 말이야.

그러니까 그 애들은 수재를 더 싫어하게 되고.

아무튼 수재한텐 불편하게 됐지.

그런 친구들의 생각을 읽고 있자니,

'어우, 안 보는 사이에 저 녀석들 머리에 딱 한 대만 쥐어박으면 좋겠다'라는 소소한 복수심도 들었어.

하지만 수재에게 그런 불편함은 금팔찌가 가져다주는 장점에 비해, 아직까지는 아주 사소한 거였지.

"야, 똑바로 안 해?"

세영이가 두꺼운 안경을 추켜올리며 짜증스럽게 말했어.

"지금 하는 거야."

장원이도 짜증스럽게 응수했어.

"야! 너도 틀렸지?"

세영이는 수재에게도 날카롭게 소리쳤어.

"아닌데? 맞는데? 네가 틀린 거 아니고?"

"야, 김세영! 아무것도 아닌데 왜 이렇게 짜증이야?"

"너희가 너무 못하니까 그렇지! 왜 선생님은 저런 애들이랑 붙여놔서는!"

수재네 반은 곧 다가올 단소 연주회를 준비하고 있었어.

아직 한 달쯤 남아 있었지만, 선생님께서 미리 연습하라고 시간을 주신 거였지.

세영이는 반에서 단소를 가장 잘 부는 애였어.

그래서 선생님은 세영이를 단소 선생님으로 임명하고 잘 못 부는 애들을 도와주도록 했단다.

하지만 수재와 장원이에게 세영이는 잔소리꾼일 뿐이었지.

"야! 어떻게 아직도 소리를 낼 줄 모르니? 그동안 연습 안 했어? 지금까지 소리도 낼 줄 모른다는 건 연습 부족이야, 연습 부족!"

"야, 그만할 수 없어? 시끄러워!"

"선생님이 너희 가르치라잖아. 나도 어쩔 수 없이 하는 거야. 너네, 오늘 점심시간에 나가지 말고 꼭 연습해, 알겠어?"

"싫은데? 내가 왜~"

"나가기만 해봐, 내가 선생님한테 다 말할 거니까!"

세영이의 협박에도 장원이는 끝까지 세영이의 말을 듣지 않았어.

수재도 그런 장원이를 따라 버팅겼지.

"김세영 진짜 재수 없지 않아?"

"연습은 무슨. 지가 선생님도 아니면서. 이따 점심시간에 축구나 하러 가자."

수재와 장원이는 점심을 먹자마자 운동장으로 달려갔어.

수재는 원래 운동을 잘하는 편이 아니었지만, 날개 운동화가 있으니 이제 다른 것보다 운동하는 게 더 재미있어졌어.

덕분에 장원이와도 부쩍 친해졌지.

장원이는 운동을 잘하고, 말투나 행동이 거칠긴 하지만 철민이 같은 녀석은 아니었어.

반면 단소 같은 건 불기도, 쳐다보기도 싫었지.

선생님이 연습하라고 시간을 줬는데도 별로 하고 싶지 않고, 아무리 연주회가 있다고 해도 신경도 안 쓰이는 거야.

'연습 같은 걸 왜 해? 시험에 들어가는 것도 아니고!'

수재에게 가장 싫은 건 그저 김세영의 땍땍거리는 말투와 표정이었어.

"자, 간다!"

징원이가 찬 공을 수재가 받았지만 힘 조절을 잘못하는 바람에 공이 그만 화단 쪽으로 넘어가버렸어.

"야, 이장원! 똑바로 안 찰래?"

"쏘리, 쏘리~"

"야, 빨리 가져와!"

"에이, 내가 봐준다!"

수재는 공이 있는 곳으로 달려갔어.

축구공은 울타리 너머, 화단에 덩그러니 놓여 있었어.

수재는 울타리를 넘어 공을 주웠어.

바로 그때, 뒤에서 누군가가 수재의 목덜미를 잡아끌었어.

"이, 이 녀석! 자, 잡았다!"

머리는 어디 쥐 파먹은 것 같은 땜빵에, 철 지난 까맣고 네모난 뿔테 안경을 쓰고 있는 데다가, 어디 운동장에서라도 굴렀는지 옷은 온통 흙투성이인 무서운 아저씨가 수재를 내려다보고 있었어.

수재는 처음에는 어안이 벙벙해서 '이 사람이 누구인가' 싶었는데, 수재네 학교 시설을 관리하는 아저씨 같았어.

모르긴 해도 지나가다 언뜻 본 게 갑자기 생각났거든.

"예? 아저씨, 왜 그러세요?!"

"자, 잡았다. 드, 드디어 자, 잡았어. 꼬, 꽃 모, 못 피게 바, 방해하는 녀, 녀석들……."

"아니, 글쎄 왜 그러시냐구요?! 이거 놔요!"

아저씨 힘이 얼마나 센지, 아무리 발버둥을 쳐도 아저씨 손아귀에서 벗어날 수 없었어.

"수재야! 무슨 일이야?"

수재를 발견한 친구들이 달려왔어.

"이, 이 녀석들……. 너, 너희가 꼬, 꽃 모, 못 피게 마, 만들었지?"

"예? 아닌데요……."

그렇지만 아저씨는 수재를 놓아주지 않고 으르렁댔어.

"거, 거짓말! 내, 내가 다, 다 봤다! 너, 너희가 버, 범인이야……."

"아니, 글쎄 아니라니까요?"

"자, 잘못을 해, 했으면, 버, 벌을 바, 받아야지……!"

아저씨는 아이들에게 종량제 봉투 하나를 들이밀었어.

"이, 이거 다, 다 채울 때까지 오, 오늘 모, 못 가, 간다! 이, 이게, 버 벌이야!"

아저씨의 손을 벗어나려고 용을 쓰던 수재도 어쩔 도리가 없었어.

"아, 알겠어요! 알겠다구요!"

수재와 아이들은 영문도 모른 채, 억울한 마음을 삼키며, 일단 쓰레기를 줍는 수밖에 없었지.

반도 다 못 채웠는데, 벌써 1시를 울리는 종이 울렸어.

"우리 이제 들어가야 하는데 어쩌지?"

"어쩌긴, 계속해야지. 그 아저씨가 우릴 들여보내 줄 것 같아?"

수재와 아이들은 쓰레기 줍기를 계속했어.

5분쯤 지났을까, 담임선생님이 찾아오셨어. 아이들은 쏜살같이 달려가 선생님 곁으로 갔어.

"선생님이다!"

"선생님, 이게 어떻게 된 거냐면요……!"

"서, 선생님이에요?"

아저씨는 수재네 담임선생님에게 불안한 눈초리와 더듬거리는 말투로 자초지종 설명을 늘어놓았지.

수재네 선생님은 너그러운 말투로 아저씨를 달랬어.

그제야 아저씨는 수재와 아이들을 놓아주었단다.

"이, 이번 하, 한 번만, 봐, 봐주는 거, 거다! 거, 거기, 쓰레기봉투 노, 놓고 가, 가라!"

아이들은 아저씨 마음이 바뀔세라, 얼른 선생님을 따라갔지.

"선생님! 저희 너무 억울해요! 저희만 그런 것도 아닌데, 하필 공이 화단에 들어가서……."

"됐다, 들어가자."

"저 아저씨는 도대체 뭐 하시는 분이에요?"

선생님은 학교에서 일하는 분이라고만 말씀하시고 더는 이야 기하지 않았어.

대신 하굣길에 장원이가 대답해 주었어.

"학교에서 일하는 그런 사람들, 일부러 써주는 거야."

"뭐라고?"

"우리 엄마가 그랬어. 장애가 있으니까, 어디 일할 곳도 없어서 학교에서 일하게 해주는 거라고."

"그러니까 선생님도 암말 안 하는 거였나?"

"아무리 그래도, 짜증 나지 않냐?"

"그러니깐 말이야. 화단에 좀 들어갔다고 우릴 무슨 범인 취급 하고 말이야."

"그럼 화단을 못 쓰게 만든 진짜 범인은 누구지?"

"모르긴 해도, 아저씨가 화는 단단히 난 것처럼 보였어. 힘도 어찌나 세던지……."

"진짜 범인을 찾아야 그래도 덜 억울할 텐데."

'흠, 진짜 범인이라……'

"흥, 내 알 바냐. 아무튼 오늘은 재수가 없어! 김세영도, 그 아저씨도."

"그건 동의한다."

김세영도 관리 아저씨도 재수 없다는 장원이의 말에 수재는 킥킥대며 대답했어.

다음 날, 화단을 못 쓰게 만든 범인이 누군지 알게 되었단다.

5교시, 수재네 반이 체육 수업을 하러 운동장에 나왔는데, 운동장 너머 어딘가에서 시끄러운 소리가 들렸어.

"이, 이놈아!"

"관리 아저씨 목소리 아냐?"

장원이가 말했어.

"으, 난 저 아저씨 보고 싶지 않아. 아직도 목뒤가 쓰려."

수재는 목을 문지르며 말했어.

"화단 쪽에서 나는 소리 같은데."

"거, 거기 서라! 이, 모, 몹쓸 놈!"

하지만 아저씨가 계속 소리를 지르는 통에 수재네 반 아이들도 점점 관심이 그쪽으로 모이기 시작했어.

"선생님! 가봐야 하는 거 아니에요?"

선생님도, 수재네 반 아이들도 소리가 나는 쪽을 따라갔어.

"야옹!"

"고양이다!"

"고양이라고?"

수재도 고양이라는 말에 얼굴을 쭈욱 내밀었어.

"앗, 치루잖아?!"

"치루라고?"

수재의 말에 민지는 몰려 있는 애들 사이로 뛰어 들어갔어.

그 순간, 관리 아저씨의 성난 빗자루질에 치루는 힘없이 쓰러
졌어.

"치루!"

민지는 뛰어가 고양이를 안아 올렸어.

"아저씨, 왜 그러세요?!"

"이, 이 녀석이, 화, 화단을 망, 망가뜨렸다! 식, 식물이 엉, 엉
망이 되었다고!"

"치루라니. 민지야, 네 고양이니?"

선생님은 민지에게 단호한 목소리로 물었어.

"아뇨, 선생님 사실 그게……."

"민지야, 고양이가 숨을 안 쉬는 것 같은데……."

"앗, 안 돼……!"

민지는 놀라서 눈을 동그랗게 떴어.

민지의 큰 눈에 눈물이 고이다가 또르르 떨어졌지.

이미 몸이 많이 약해진 상태에다가, 관리 아저씨에게 계속 쫓기던 치루는 더 이상 버티지 못한 것처럼 보였어.

"민지야……."

여자아이들은 말없이 민지를 토닥이며 위로해 주었어.

선생님은 고양이를 안고 있는 민지를 데리고 갔어.

6교시를 마치고 선생님은 오늘 체육 시간에 있었던 일에 대해 잠시 이야기하는 시간을 갖겠다고 했지.

"아까 그 고양이는 민지가 학교에서 밥 주던 고양이였단다."

"정말? 네 고양이야?"

아이들은 민지에게 물었어.

"아냐. 길고양이인데 불쌍해서 그냥 내가 가끔 먹이를 줬을 뿐이야."

민지는 우울해하며 대답했어.

"그래. 고양이를 생각하는 민지 마음은 이해하지만, 학교에서는 그래선 안 돼. 학교는 많은 학생이 매일 이용하는 공간이기 때문에 길고양이를 키우게 놔둘 순 없어. 너희도 보았듯이, 오늘과 같은 일이 일어날 수도 있고 말이야."

"민지야, 너무 안타깝다."

"힘내!"

"치루는 좋은 곳으로 갔을 거야!"

친구들은 돌아가며 민지의 마음을 위로해 주었어.

선생님 말씀이 끝나고 아이들이 하교 준비를 하는데, 세영이가 친구들에게 이야기하는 소리가 유난히 잘 들리는 거야.

세영이는 부루퉁한 표정으로 말했어.

"아, 난 길고양이한테 밥 주는 사람들 이해가 안 돼. 자꾸 피해만 주잖아."

"뭐라고?"

세영이의 말을 들은 민지가 벌떡 일어났어.

"그렇잖아. 우리 아파트에도 길고양이들한테 밥 주는 아줌마가 있는데, 그 통에 1층인 우리 집은 길고양이들의 서식지가 됐다고. 얼마나 시끄러운 줄 알아? 거기서 키우는 화초들도 엉망이 되었고."

"와, 너 진짜 나쁘다. 그럼 가엾은 동물을 그냥 모른 척하니? 그 애들은 언제 죽을지 모르는 애들이라고."

"너는 직접 피해를 본 적이 없으니까 그런 말을 하는 거야. 그렇게 불쌍하면 네가 데려다 키우면 되잖아? 책임도 못 질 거면서……."

세영이와 민지의 말싸움은 점점 심하게 번져갔어.

물론 수재는 민지 편이었어.

단소 잘 분다고 유세나 떨고, 동물을 눈곱만큼도 사랑할 줄 모르는 세영이가 얄밉고 싫었지.

"어휴, 동물을 사랑할 줄 모르는 사람들한테 벌 좀 내리면 좋겠다."

"김세영이랑 관리 아저씨 말하는 거야?"

장원이가 물었어.

"그래. 아까 보니까 김세영, 콕 쥐어박고 싶더라. 어찌나 얄밉게 말하던지. 또 그 관리 아저씨는 어떻고? 꽃들만 소중한가?"

"진짜 그런 사람들은 혼 좀 나봐야 해. 아니면 벌을 받든지."

장원이와 집에 가는데, 순간 좋은 생각이 떠오른 수재는 희미한 미소를 지었어.

"장원아, 너 먼저 가."

"왜?"

"갑자기 엄마 심부름이 생각나서."

수재는 가던 길을 반대로 돌아서 뛰어갔어.

장원이가 아무리 큰 소리로 무슨 일이냐고 물어도 대답하지 않고 말이야.

만물상점이 생각났거든.

'좋아! 만물상점에 가보는 거야. 아직 나에겐 세 번의 기회가 남아 있으니까.'

수재는 만물상점에 들어갔어.

"안녕하세요!"

수재가 인사하니, 빨간 머리와 까만색 드레스를 늘어뜨린 주인이 나타났어.

피부도 창백한 모습에, 수재는 만물상점의 주인은 귀신이 아닐까 잠깐 생각했어.

하지만 수재에게 소중한 금팔찌와 날개 운동화를 팔았으니, 그런 은인에게 귀신 같다는 말은 실례일 것 같아서 그만두었지.

"어서 오십시오, 인간 손님."

"저번에 날개 운동화를 추천해 주셔서 정말 감사했어요! 이 운동화 덕분에 계주도 이기고 애들한테도 인정받고요."

"저는 제값을 치르고 판 것일 뿐인데요. 손님은 그만한 값을 지불하셨으니까요."

가게 주인은 싱긋 웃었어.

하지만 이번에도 차가운 미소였지.

"오늘은 어떤 아이템을 사시겠어요, 인간 손님?"

"음……, 혹시 사람들을 놀라게 할 수 있는, 뭐 그런 물건도 있나요? 그러니까……."

"그렇다면 물안경을 추천해 드리지요."

만물상점 주인은 수재의 말을 더 듣지도 않고 씨익 웃더니, 까만 드레스를 끌며 온갖 물건들을 늘어놓은 진열대 사이에서, 가장 볼품없고 촌스러운 형광 초록색의 물안경 하나를 꺼냈어.

"이건 뭐죠?"

"이건 마법사의 물안경이지요. 마법사의 물안경은 저 너머, 안개마을에서 헤엄을 치며 물고기를 관찰하는 걸 아주 좋아하는 마법사가 우리 상점에 특별히 기증한 물안경입니다. 손님이 이 물안경을 쓰게 되면 손님의 몸은 감쪽같이 사라지지요. 그리고 다시 물안경을 벗으면 원래대로 돌아오게 된답니다."

"와! 진짜 특별한 물건이네요!"

어쩜 이렇게 딱 필요한 물건을 쏙쏙 골라 추천해 주는 걸까? 만물상점 주인뿐만 아니라 필요한 건 뭐든 다 있는 이 만물상점도 너무나 신기했어.

"그럼 이번에는 이 물안경을 살게요! "

"감사합니다, 인간 손님. 그렇다면 물안경을 내어드리지요."

"네. 얼마예요?"

"물안경의 값은 손님의 **'용기'**입니다."

"용기요?"

"네. 손님의 '용기'를 물안경값으로 주시면 됩니다."

"음, 네 알겠어요."

수재는 아무렇지 않게 계산대에 놓인 판에 손바닥을 가져다 댔어.

이번에도 손바닥에 파아랗고 시원한 기운이 감돌다가 이내 사라졌어.

"이제 됐나요?"

"네, 인간 손님. 방금 물안경값으로 용기를 지불하셨습니다."

이번에도 사실 수재 몸에는 별로 달라진 게 없는 것 같았어.

"정말 값을 치른 건가요?"

"네, 인간 손님. 이미 지불하셨지요."

하지만 가게 주인이 지불했다고 하니 별 수 있나.

"감사합니다!"

"또 오십시오, 인간 손님. 이제 두 번 남았습니다."

수재는 기쁜 마음으로 물안경을 들고 만물상점을 나왔어.

"한번 시험해 볼까?"

수재는 물안경을 썼어.

물안경을 쓰고 아래를 내려다보니 수재의 몸은 어디 갔는지 보이지 않고, 단단한 회색 콘크리트 바닥만 보였어.

그리고 물안경을 벗으니 다시 하얀색 티셔츠에 청바지, 그리고 운동화를 신은 수재의 몸이 나타났어.

"와! 이거 정말 대단한데?"

수재는 내일 학교에 물안경을 가지고 갈 생각에 너무나 기뻤지!

내일 또 재미있는 일이 일어날 수도 있을 것 같아서 말이야.

다음 날, 학교에 가니 세영이가 수재와 장원이에게 또 선생님 처럼 굴며 잔소리를 시작했어.

"너희, 내가 어제 분명히 단소 연습하라고 했을 텐데? 그런데 도 점심시간에 나갔지?"

"그래서 뭐?"

"저번엔 관리 아저씨한테 혼났다며? 다 들었어. 연습도 안 하 고 나가니까 그런 일도 생기는 거야."

"네가 뭔 상관이야?"

"오늘도 연습 안 하면 선생님께 이를 테니 그리 알아!"

세영이는 그러고는 자리로 돌아갔어.

"으, 또 시작이야!"

"역시 김세영, 자비라곤 눈곱만큼도 없다."

장원이는 답답하다는 듯이 가슴을 쿵쿵 쳤어.

그러자 수재가 슬며시 미소를 지으며 물었어.

"김세영, 골탕 좀 먹여줄까?"

"어떻게?"

"기다려봐."

쉬는 시간이 되자마자, 수재는 재빠르게 교실을 뛰어나갔어.

그러고는 화단으로 달려가 주위를 살펴본 뒤, 물안경을 썼어.

물안경을 쓰자마자, 수재의 몸은 감쪽같이 사라졌단다.

수재는 먼저 기다란 나뭇가지를 찾았어.

그리고 화단 여기저기를 들쑤셔 보았어.

여기저기 들쑤셔 보다가 제법 큰 벌레 하나를 발견했어. 엄청나게 많은 다리가 다닥다닥 붙어 있는 게, 김세영이라면 분명 까무러칠 것 같은 벌레였지.

"으, 어떻게 찾았지? 내가 봐도 소름 끼치네!"

수재는 나뭇가지에 조심스럽게 벌레를 유인했지.

그리고 나뭇가지를 든 채로 교실로 올라갔어.

그 사이, 쉬는 시간은 거의 끝나 있었고 아이들은 자기 자리로 돌아갈 참이었지.

세영이도 자기 자리로 돌아가 교과서를 꺼내고 있었어.

바로 그때, 세영이가 끼고 있던 두꺼운 안경이 '휙' 하고 벗겨져 버린 거 있지.

"으악! 내 안경 어디 갔어?!"

세영이는 일어나 더듬거리며 부산스럽게 자기 안경을 찾았어.

"세영아, 무슨 일이야?"

"안경! 내 안경이 갑자기 없어졌어!"

"안경?"

세영이는 몹시 불안해하며 안경을 찾느라 분주해졌지.

주변에 있던 여자애들은 세영이의 안경을 같이 찾아주려 했어.

바로 그때, 어디선가 세영이에게 나뭇가지가 날아왔어.

나뭇가지는 세영이와 부딪혔다가 '툭' 하고 떨어졌지.

"뭐야! 누가 장난쳐!"

"세영아, 네 옷에 벌레 붙었어!"

"뭐라고?"

세영이는 너무 놀란 나머지, 손으로는 차마 벌레를 떼지 못하고 방방 뛰며 어쩔 줄 몰라 했어.

"으악! 이게 뭐야!"

세영이는 뛰다가 그만 책상에 걸려 넘어지고 말았고, 무릎에서 피가 나기 시작했어.

"세영아, 괜찮아?!"

"세영아, 혹시 이거 네 안경이야?"

반장인 하늘이가 세영이에게 까맣고 동글동글한 안경을 들이밀며 보여주었어.

그건 분명 세영이의 안경이었지.

하지만 원래 안경의 모습은 어디 갔는지, 안경다리는 두 동강이 난 데다가 렌즈는 이미 깨져 있었어.

눈이 잘 보이지 않았지만, 세영이는 안경이 망가졌다는 건 단박에 알아볼 수 있었어.

세영이의 눈에는 곧 눈물이 고이기 시작했단다.

"흐윽……."

세영이는 울먹였어.

"무슨 일이야?!"

교실에 들어온 선생님은 아이들이 몰려 있는 곳으로 다가갔어.

"선생님! 세영이가……."

세영이는 하늘이의 부축을 받으며 보건실로 갔어.

눈물을 뚝뚝 흘리면서 말이야.

그 사이 수재는 이미 자리에 앉아 있었지.

"야, 수재야, 김세영 봤어? 오늘도 그냥 점심시간에 나가도 되겠다."

장원이는 키득거렸어.

"김세영, 울면서 나가는 게 조금 불쌍하지만 쌤통이랄까."

"벌 받은 거야. 오지랖 부린 벌!"

"맞아. 하지만 안경이 부러지다니, 그건 의외였어."

"의외라니? 그 말은, 네가 예상이라도 했다는 거야?"

"글쎄?"

"짜식! 나도 알려줘!"

"그런 거 없어~"

그러다 장원이와 수재는 창문 너머로 관리 아저씨의 모습을 보았어.

아저씨는 화단에 물을 주고 있었지.

호스로 물을 끌어와 물이 골고루 퍼지도록 애쓰고 있었어.

"꼬, 꽃들아, 자, 잘 자, 자라라……. 내, 내 꽃들……."

"저 아저씨도 벌 좀 받으면 좋겠다. 김세영은 그렇다 처도, 어쨌든 길고양이를 죽게 만든 장본인이잖아. 잘못도 안 했는데 수재네 목덜미를 잡고, 우리한텐 쓰레기를 줍게 했고 말이야."

"흠."

장원이의 말에 수재는 동의했어.

그리고는 곧 아저씨를 한 방 먹일 좋은 생각이 떠올랐어.

점심시간이 거의 끝나갈 무렵, 수재는 아무도 없는 곳으로 가 물안경을 썼지.

그리고 바로 화단으로 가보았어.

화단의 식물들은 아저씨가 물을 흠뻑 준 덕분에 싱싱해져 있었어.

수재는 구석에 정리된 파란 호스를 풀었어.

그런 다음 호스의 한쪽 끝은 화단 흙에, 다른 한쪽 끝은 수도꼭지에 고정했어.

그리고 천천히 물을 틀었지.

조금 있으니, 화단 쪽 호스 구멍 사이로 물이 조금씩 나오기 시작했어.

수재는 물이 졸졸 흐르는 걸 확인하곤, 아무도 없는 곳으로 가서 물안경을 벗고는 교실로 돌아갔어.

하교 시간이 되어 수재는 친구들과 함께 교실을 나왔지.

1층에서 실내화를 갈아 신고 나가는데, 화단 쪽에서 시끄러운 소리가 들렸어.

"무슨 소리지?"

이미 몇몇 애들은 몰래 숨어서 보고 있었어.

수재와 친구들도 화단 쪽으로 달려갔어.

"무슨 일이야?"

"관리 아저씨가 지금 교장 선생님께 혼나고 있어."

수재랑 친구들도 살짝 화단 쪽을 훔쳐보았어. 관리 아저씨의 당황한 말투가 들렸단다.

"이, 이게 어, 어떻게, 되, 된 일이지……. 부, 분명 무, 물을 자,

잠갔는데……. 이, 이상하다, 이, 이상해……."

관리 아저씨는 교장 선생님과 눈을 마주치지 않은 채 바닥만 보며 불안한 듯 계속 중얼거렸고, 꼭 아이처럼 애꿎은 손톱을 자꾸 뜯었어.

교장 선생님은 잔뜩 화가 나 있었지.

"그러게, 한 번 더 확인했으면 이런 일도 없었을 텐데요! 어휴, 내 참."

교장 선생님의 시선이 머문 자리에는 온통 물바다가 되어버린 화단이 있었어.

물이 너무 넘친 나머지 흙들은 여기저기 쓸려가 엉망이었고, 꽃들도 제자리를 버티지 못하고 젖은 화단 위에 누워 있었어.

"이미 엉망이 된 건 어쩔 수 없지만, 잘 정리하고 퇴근하세요!"

교장 선생님은 학생들이 보고 있는 것도 잊었는지 불호령을 내리고 다시 건물 안으로 들어갔어.

관리 아저씨는 물바다가 된 화단을 억울한 눈빛으로 바라보며 중얼거렸지.

"부, 분명 무, 물을 자, 잠갔는데, 어, 어떻게, 되, 된 일이지……. 호, 호스도 도, 동글하게, 마, 말아서 저, 저기 바, 바구니에 너, 넣었는데……. 누, 누가, 그, 그런 거지……. 꼬, 꽃들이, 내, 내 꼬, 꽃들이……."

수재와 친구들은 학교를 나오며 아까 본 광경에 대해 입을 모았어.

"야, 아저씨 혼났다."

"아까 불쌍해 보였어, 그 관리 아저씨."

"하지만 그 관리 아저씨, 우리 엄청나게 혼냈던 아저씨잖아."

"맞아. 수재한테는 화단 한 번 들어갔다고 박박 우기더니 말이야."

"혹시, 수재야! 넌 어떻게 된 일인지 알아?"

장원이가 수재의 어깨에 손을 올리며 물었어.

"엥? 그게 무슨 소리야? 수재랑 아저씨가 혼난 게 무슨 상관이야?"

"수재가 몰래 수도꼭지라도 연 거야?"

장원이의 말에 다른 애들도 호기심이 들어 물었어.

"글쎄, 그런 거 없어."

"초능력이라도 부린 거야?"

"우리한텐 말해도 되잖아!"

"아까, 김세영도 못되게 굴다가 혼쭐난 거야. 김세영이 수재랑 나한테 자꾸 단소 연습하라고 귀찮게 했거든."

장원이는 다 안다는 듯이 거들먹거리며 덧붙였어.

"우와, 정말? 어떻게 한 건데?"

"글쎄, 아니라니깐. 하지만 이상하게 요즘 내가 생각만 하면 그대로 되는 것 같긴 해."

수재는 만물상점에 대해서 말하지 않으려고 일부러 뭉뚱그려 대답했어.

그렇지 않으면 수재가 공부를 잘하게 된 것과 운동을 잘하게 된 비밀까지 친구들이 알게 될 것 같았거든.

하지만 조금 우쭐거리는 마음은 감출 수 없었지.

"나는 철민이 좀 누가 어떻게 손봐주면 좋겠어. 철민이 녀석, 할매 떡볶이 영상 이후로 잠잠해졌다가 요즘 다시 또 시비를 걸잖아. 시비 터는 귀신이라도 붙었나."

"갑자기 또 왜?"

"나는 우리 아파트에 사는 욕쟁이 할머니 좀 어떻게 해주면 좋겠어."

재영이도 덧붙였어.

"욕쟁이 할머니?"

"그래, 욕쟁이 할머니. 우리 집 아파트 앞에 나무 벤치가 하나 있거든? 꼭 내가 집에 들어가는 시간만 되면 거기에 앉아 계시는데, 그러다가 나한테 자꾸 말을 걸어. 어떨 때는 욕까지 한단 말이야."

"그럼 하지 말라고 말하면 되잖아."

"뭔가 무섭단 말이야. 그리고 할머니니까 그렇게 말하기도 그렇고. 원래는 되게 친절하신 분이었는데……. 아무튼 요즘 이상해지셨어."

"그럼 우리 한번 가볼까?"

수재와 친구들은 재영이네 아파트로 가보기로 했어.

정말 욕쟁이 할머니가 있는지 말이야.

"저어기, 보여? 저 할머니야."

"진짜 험상궂게 생겼다."

"한번 지나가 보자."

"지금?"

"어차피 너 집에 들어가야 하잖아. 또 우리가 같이 있으니까 욕을 안 할지도 모르고."

"맨날 욕하는 건 아냐. 어쩔 땐 평소처럼 우리 손주 같다며 친절하게 대해주신단 말이야."

"됐으니까, 앞장서! 바보야!"

장원이는 재영이를 떠밀었어.

재영이와 아이들이 아파트 입구에서 50걸음쯤 앞에 다다르니, 욕쟁이 할머니는 인기척을 느꼈는지 떨어뜨렸던 고개를 들었어.

양손으로 지팡이를 짚은 모습이, 지팡이가 할머니의 몸을 지탱해 주는 것처럼 느껴졌어.

재영이는 힐끔거리며 조금씩 아파트 입구와 가까워지며 걸었어.

욕쟁이 할머니는 한동안 재영이를 물끄러미 바라보았지.

수재도 침을 꿀꺽 삼키며 재영이를 따라갔어.

바로 그때, 욕쟁이 할머니가 눈에 힘을 주더니, 지팡이로 재영이를 가리키며 몸을 마구 흔들어댔어.

"요놈! 네 어미 속을 썩이고, 어딜 이제 기어들어 오는 거냐! 허구한 날 밖으로 돌더니 용돈이라도 필요한 게냐?! 이런 썩을 놈!"

"네?"

재영이는 당황한 듯 물었어.

"야, 바보야. 대답하면 어떡해? 그냥 들어가!"

장원이는 재영이의 팔을 휘어잡고 아파트 입구의 비밀번호를 누르게 했어.

애들도 서둘러 따라 들어갔지.

"오늘은 욕하는 날인가 봐."

"재영이 스트레스 받겠다."

"할머니가 저렇게 너한테 욕한 지 얼마나 됐어?"

"좀 됐어. 기억 안 나. 맨날 그러시는 건 아니니까."

"엄마한테 말하는 건?"

"엄만 일단 가만히 있어 보래. 우리 엄마는 간호사신데, 할머니를 보니까 편찮으신 것 같다고……. 며칠 지나면 그만둘 거라고 하는데, 나는 맨날 마주치니까 싫단 말야……. 오늘이 욕하는 날인지, 친절한 날인지 모르니까."

"글쎄……. 일단 한 번 있어보자. 내가 해결해 볼게."

수재와 친구들은 재영이의 아파트에서 나오는 길에 욕쟁이 할머니를 다시 보았어.

하지만 수재와 친구들에게는 아무런 말도 하지 않았지.

그저 지팡이에 몸을 기댄 채, 눈을 감고 있었어.

장원이는 친구들에게 슬그머니 덧붙였어.

"아무래도 저 할머니, 치매인 것 같아."

다음 날, 수재는 먼저 철민이에게 매운맛을 좀 보여주기로 했어.

애들이 어제 말한 게 생각났거든.

'어디, 김철민! 한 번 놀려줘 볼까?'

수재는 철민이가 화장실에 들어가는 틈을 타, 물안경을 쓰곤 서둘러 따라 들어갔어.

철민이는 두리번거리다, 변기 칸으로 쏙 들어갔지.

그런데 변기에 앉아 있는 사이, 이상한 소리가 들렸어.

'찍찍'거리는 소리가 너무 근처에서 나니까 소름이 끼칠 정도였지.

근데, 분명 인기척은 없었거든.

"누, 누구야!"

철민이는 일부러 큰 소리를 내봤지만, 아무도 대답하는 이가 없었어.

서둘러 바지를 올리고 나갔는데 역시 아무도 없었어. 그런데,

"으악! 이게 뭐야?"

철민이가 들어가 있던 칸 문에 커다랗게 '김철민 똥쟁이'라고 까만 매직으로 쓰여 있는 거야.

철민이는 씩씩거렸어.

"누구야! 누가 잔꾀를 부려?"

하지만 뭐 어쩌겠어? 화장실에는 철민이밖에 없었는데.

'김철민 똥쟁이'라는 글자는 바로 지워졌지만 이미 아이들에게 소문이 나버린 뒤였지.

한편, 그날은 학교 일과 내내 온종일 관리 아저씨를 볼 수 없었어.

궁금하긴 했지만, 관리 아저씨는 수재의 관심 대상이 아니었지.

그다음, 수재가 매운맛을 보여줄 사람은 재영이가 맨날 마주치는 욕쟁이 할머니였어.

학교가 끝나고 나서 수재는 물안경을 쓰고 몰래 재영이를 따라

갔어.

10분쯤 걸었나?

재영이네 아파트가 보였어.

나무 벤치에는 오늘도 욕쟁이 할머니가 어제와 똑같은 자세로 지팡이에 반쯤 몸을 기댄 채 눈을 감고 있었지.

재영이가 아파트에 거의 다다랐을 때, 욕쟁이 할머니는 눈을 떴어.

그리고 재영이를 보았지.

할머니는 게슴츠레했던 눈에 갑자기 힘을 주었어.

"너, 너 이 녀석!"

'으악, 오늘도 연속으로 욕 타임인가.'

할머니가 무어라고 더 말하려는 순간, 갑자기 지팡이가 제멋대로 움직이는 거야.

지팡이에 발이 달렸는지 자꾸 할머니 손을 떠나려 했지.

"에구머니나!"

할머니는 순간적으로 지팡이를 잡긴 잡았지만, 너무 힘이 없어서 그만 지팡이를 놓치고 말았어.

지팡이는 공중에 떠다니다가 점점 멀어져 갔어.

"어? 어!"

재영이도 너무 놀라 입이 벌어졌지.

지팡이에 몸을 기대고 있었던 욕쟁이 할머니는 너무나도 힘없이 그냥 앞으로 고꾸라져 버렸어.

"아이고……."

"어르신! 괜찮으십니까?"

할머니가 쓰러진 모습을 본 경비 아저씨는 놀라서 할머니를 부축했어.

하지만 할머니는 좀처럼 일어날 줄 몰랐지.

다음 날, 재영이는 학교에 오자마자 수재에게 심각하게 물었어.

"수재야, 혹시 네가 한 거야? 저번에 네가 해결해 주겠다고 한 게 생각나서……."

"뭘 말이야?"

"욕쟁이 할머니 말이야. 어제 욕쟁이 할머니가 지팡이를 잃어버렸어. 그러니까, 갑자기 지팡이에 발이 달렸는지, 멋대로 저절로 움직이면서……. 어휴, 내가 무슨 말을 하는지 모르겠다! 아무튼 너랑 관련 있어?"

"글쎄, 하지만 잘된 거 아냐? 너는 그 욕쟁이 할머니 때문에 힘들어했으니깐."

"그렇긴 했지만……."

재영이는 마음이 복잡한 듯 수재에게 더 말하지 않고 자리로 돌아가버렸어.

그리고 일주일쯤 지났을까, 갑자기 재영이가 수재에게 덜컥 화를 내는 거야.

"왕수재! 그 할머니 결국 입원하게 됐대! 도대체 어떻게 된 거야?"

"뭐라고?"

"다 너 때문이야! 네가 장난친 거지?"

"난 아니거든? 내 탓이란 증거 있어? 그리고 욕쟁이 할머니가 싫다고 한 건 내가 아니라 너라고!"

"하지만 난 그런 것까지 원하진 않았어! 그냥 할머니가 나한테 욕만 안 했으면 좋겠다 싶은 것뿐이었다고……."

재영이는 마지막 말을 남기곤 풀이 죽은 채로 자기 자리로 돌아갔어.

확실한 건 그날 이후로 재영이는 수재랑 친하게 지내려고 하지 않는다는 거야.

수재는 그런 재영이가 잘 이해가 안 됐어.

진짜 자기 할머니도 아닌데, 자기랑 멀어지면서까지 화를 낸다는 게 말이야.

장원이는 교실에 들어와 수재에게 관리 아저씨에 대한 소식을 알려주었어.

"수재야, 관리 아저씨 학교 그만뒀대."

"그 아저씬 또 왜?"

"나야 모르지. 저번에 교장 선생님한테 혼났잖아. 그것 때문에 그런가? 아니면 화단을 지키지 못해서?"

'뭐라고? 겨우 화단 하나 갖고 그만둔다고?'

수재는 뭔가 엉망이 된 것 같은 기분에 갑자기 마음이 어지럽고 이상해졌어.

'이 느낌, 이 찝찝함은 뭐지?'

"저는 제값을 치르고 판 것일 뿐인데요.
손님은 그만한 값을 지불하셨으니까요."

'나랑 똑같은 인간이라고? 그러면 그 녀석을 학교에 보내면 되겠군!'

"그럼 이번에는 이 음료수를 살게요!"

"감사합니다, 인간 손님. 그렇다면 이 음료수를 내어드리지요."

"네. 얼마예요?"

"무지개 음료숫값은 손님의 **'긍정'**입니다."

"긍정이요?"

"네. 손님의 '긍정'을 무지개 음료숫값으로 주시면 됩니다."

5.
또 하나의 수재, 무지개 음료수

수재는 마음이 복잡해졌어.

욕쟁이 할머니는 병원에 입원하게 됐다고 하고, 그 바람에 재영이랑은 멀어졌지, 관리 아저씨는 그날 이후 학교를 그만두었다고 하니 말이야.

'결국 나 때문에 이런 일이 벌어진 걸까?'

좀 죄책감이 들었어.

'하지만 난 이럴 줄 몰랐다고⋯⋯! 알았다면 그런 장난은 치지 않았을 거야.'

의도가 어찌 되었든 수재는 찝찝한 기분으로 여름방학을 맞이하게 되었지 뭐야.

방학 동안에 수재는 영어 캠프에 참여하게 되었어.

집에서 게임이나 붙들지 말고 나가서 뭐든 좀 배우고 오라는 엄마의 명령이었지.

캠프에 가보니 학년별로 모이는 거라 여러 반 애들이 모여 있었어.

그중 유일하게 같은 반 애 한 명이 있었어.

김희수라는 앤데,

희수는 늘상 조용했고, 책 보는 걸 좋아하는 애라 수재와는 얘기할 기회도 별로 없었던 친구였지.

어쨌든 같은 모둠이 되었으니 서로 어색해하며 자기소개부터 했어.

물론 영어 캠프니까 영어로.

쉬는 시간이 되자, 희수가 먼저 수재에게 말을 걸었어.

"왕수재, 너랑은 처음 대화해 본다."

"으, 응. 너도 엄마가 시켰어?"

"응. 그렇지, 뭐. 집에서 책만 보지 말고 나가라고……."

'나랑은 전혀 다른 이유로군.'

희수는 말을 더 하다 말고 수재를 뚫어지게 바라봤어.

"뭐, 할 말 있어?"

"음, 아니."

'소문이 진짜냐고 한번 물어볼까?'

수재는 희수의 마음을 읽었어.

"무슨 소문?"

"응? 아니, 아냐."

"아니, 몰라서 그래. 무슨 소문 말하는 거야?"

"너 진짜 몰라? 그럼 물어보기가 좀 그런데……."

"뜸 들이지 말고 말해봐. 나랑 관련된 거야?"

"아니, 애들이 그러더라고. 우리 학교 관리 아저씨가 너 땜에 그만두게 된 거라고……. 그리고 재영이네 이웃집 할머니도 너 땜에 다치게 됐다고 말이야."

"뭐? 누가 그래?"

수재는 침을 삼키며 물었어.

"나도 잘 몰라. 나도 그냥 들은 거라서……."

수재는 영어 캠프가 끝나고 재영이를 만나기 위해 곧장 수학 학원으로 달려갔어.

"야, 손재영. 잠깐 얘기 좀 해."

아주 오랜만에 재영이에게 말을 건 것 같았어.

"무슨 일이야?"

"네가 나에 대한 소문 냈냐? 학교 관리 아저씨랑 네 이웃집 할머니 말이야."

"난 아냐."

"네가 아니면 누군데?"

"그걸 내가 어떻게 알아?"

"그때 네가 나한테 큰소리쳤잖아. 그날 이후로 나랑은 말도 안하고. 나한테 복수하려고 그런 소문 낸 거 아냐?"

"네가 무슨 말을 하는지 모르겠지만, 복수라고? 난 그런 비겁한 짓은 안 해."

재영이는 아주 단호한 목소리로 수재에게 말하곤, 자리로 돌아가 버렸어.

재영이의 반응을 보니, 아닌 것 같기는 했어.

"그럼 도대체 누구야?!"

'김희수가 알 정도라면, 이미 우리 반 애들은 거의 다 알고 있는 소문일 텐데…….'

수재는 갑자기 속이 쓰렸어.

'어떻게 소문을 바로잡을 방법이 없을까?'

하지만 지금 갖고 있는 아이템들은 별 쓸모가 없었어. 일단 금팔찌는 오히려 끼기 두려운 물건이 되었어.

왜냐하면 소문이 얼마나 퍼졌는지 모르지만, 소문을 들은 누군가가 마음속으로 수재를 욕할지도 모르니까.

수재가 세영이한테 그랬던 것처럼 말이야.

물안경을 쓰는 것도 마찬가지였어.

수재가 없다고 착각한 아이들이 수재에 대해 소문을 내거나 욕할지도 모르잖아.

물론 날개 운동화도 수재의 문제를 해결하는 데에는 아무짝에도 쓸모가 없었지.

그러는 동안 시간은 계속 흘러, 드디어 방학이 끝나가고 개학이 다가왔어.

수재는 가뜩이나 방학이 끝나가는 것도 슬픈데, 거기에다 소문에 대한 걱정도 점점 눈덩이처럼 불어났어.

'이미 전교생 사이에 쫙 퍼졌으면 어쩌지?'

'아니면 선생님이나 교장 선생님도 그 사실을 알고 어떻게 된 일이냐고 호통이라도 치면?'

생각이 꼬리에 꼬리를 무니, 이젠 학교에 가기도 싫어졌어.

'에휴, 차라리 학교에 안 가면 좋을 텐데. 계속 방학처럼 쉬기나 하고, 소문 걱정도 안 하고.'

'다시 만물상점에 가볼까……? 아직 아이템을 살 기회가 두 번인가 남았었지?'

수재는 네 번째로 만물상점을 찾았어.

"안녕하세요……."

수재가 인사하니, 만물상점의 주인이 나타났어.

"어서 오십시오, 인간 손님."

수재는 항상 주인이 자기를 '인간 손님'이라고 부르는 게 이상하다고 생각했어.

보통은 그냥 손님이라고 하지 않나? 하지만 주인에게 물어보진 않았지.

만물상점의 주인은 차가운 미소를 지으며, 친절하게 수재를 맞이했단다.

"오늘은 어떤 아이템을 사시겠어요, 인간 손님?"

"음, 글쎄요……. 뭔가 오해를 풀 수 있는 그런 아이템도 있나요?"

'근데 이걸 오해라고 할 수 있나? 결국 나 때문인 게 맞잖아…….'

"아니, 아니에요. 시간을 잠시 멈춘다든지, 뭐 그런 거요. 혹시 학교에 잠깐이라도 안 갈 수 있는 그런 아이템은 없나요……? 제가 사정이 좀 있거든요."

"그렇다면 손님에게 딱 맞는 음료수 하나를 추천해 드리지요."

만물상점 주인은 까만 드레스를 끌며 유리 찬장으로 갔어.

유리 찬장에는 온갖 유리병이 다 있었는데 어떤 건 밤하늘에 별빛을 담은 것 같았고, 또 어떤 건 향긋한 보랏빛을 담은 것도 있었어.

아무튼 알록달록한 게 참 예뻤지.

그중에서 만물상점 주인은 반짝거리는 무지갯빛을 담은 유리병 하나를 꺼냈어.

"이건 뭐예요?"

"무지개 음료수입니다. 안개마을 마녀들이 운영하는 음료수 가게에서 판매하는 것이랍니다. 이 음료를 마시면 손님과 똑같은 인간을 만들 수 있습니다. 음료수는 한 모금만 마시면 되지요. 여러 번 쓸 수도 있답니다."

'나랑 똑같은 인간이라고? 그러면 그 녀석을 학교에 보내면 되겠군!'

"그럼 이번에는 이 음료수를 살게요!"

"감사합니다, 인간 손님. 그렇다면 이 음료수를 내어드리지요."

"네. 얼마예요?"

"무지개 음료숫값은 손님의 **'긍정'**입니다."

"긍정이요?"

"네. 손님의 '긍정'을 무지개 음료숫값으로 주시면 됩니다."

"음, 네 알겠어요."

수재는 계산대에 놓인 판에 손바닥을 가져다 댔어.

"이제 됐나요?"

"네, 인간 손님. 방금 무지개 음료숫값으로 긍정을 지불하셨습니다."

"감사합니다!"

"또 오십시오, 인간 손님. 이제 한 번 남았습니다."

수재는 기쁜 마음으로 무지개 음료수를 들고 만물상점을 나왔어.

'한번 시험해 볼까?'

수재는 개학하기 하루 전날, 무지개 음료수를 마셔보았어.

그런데 음료수를 마시는 순간, 무언가가 몸에서 떨어져나가는 그런 느낌이 들었어.

아무튼 아주 야릇한 기분이었지.

부스럭.

소리 나는 쪽으로 돌아본 수재는, 정말이지 깜짝 놀랐어.

수재와 똑같이 생긴 인간이 서 있었거든.

입은 옷, 곱슬곱슬한 머리, 심지어 왼쪽 볼에 난 점까지 똑같았어.

수재와 똑같이 생긴 인간은 수재를 보고 빙긋 웃었어.

"너, 넌 누구야?!"

"난 네 분신이야."

"내 분신이라고?"

"그래, 너랑 똑같은 인간. 네가 본체고 난 분신."

"정말?! 그럼……, 네가 하는 일은 뭐야?"

"네가 시키는 것."

"정말?"

"그럼. 난 네 분신이니까. 네가 시키는 것은 다 해. 그리고 한번 한 약속은 '꼭' 지키지."

수재는 자신과 똑같이 생긴 인간을 보고 있자니 미소가 지어졌어.

"엣헴, 그럼 내일부터 나 대신 학교 좀 가줘. 사실 내일이 개학이거든. 근데 어떤 나쁜 녀석이 나에 대해서 이상한 소문을 내서 가기 싫어졌어."

"그래, 알았어."

다음 날 아침, 가짜 수재는 활짝 웃으며 가방을 메고 방을 나갔어.

"수재야, 학교 잘 다녀와."

"다녀오겠습니다!"

엄마는 앞에 있는 수재가 가짜 인간인 줄도 모른 채 학교에 잘 다녀오라는 인사를 했어.

"와, 이번엔 제대로인걸?"

수재는 기뻤어.

집에 혼자 남은 수재는 컴퓨터부터 켜서 신나게 게임을 즐기기 시작했어.

먹고 싶은 과자와 음료수를 먹고, 하고 싶었던 게임도 하고, 보고 싶은 텔레비전 프로그램을 보는 등 모든 것이 수재의 세상이었지.

3시쯤 되니 가짜 수재가 집에 돌아왔어.

그때 수재는 침대에 누워 만화책을 보고 있었지.

"어이, 내 분신! 개학은 잘 했냐?"

"응."

"학교는 어땠고? 힘들지? 애들이 널 피하진 않아? 아마 이상한 소문 때문에 애들이 너랑 얘기 잘 안 하려고 할 텐데."

"아니, 친구들이랑 잘 지내고 왔어. 아주 재미있었는걸."

수재의 분신은 미소 지었어.

"정말……?"

"응! 학교란 정말 흥미로운 곳이야!"

"그럼……, 네가 앞으로 계속 나 대신 학교에 가줘."

"그래!"

수재는 어리둥절했지만 앞으로 학교에 가지 않아도 된다고 생각하니 즐거워졌어.

무지개 음료수의 '가짜 인간' 효과는 며칠간 계속되었어.

수재는 하고 싶은 게임, 놀이를 다 즐길 수 있어서 행복했지.

"어이, 왔냐!"

"응. 다녀왔어."

오늘도 오후 3시쯤 되자, 가짜 수재는 배시시 웃으며 방으로 들어왔어.

"며칠 지나니 이제 슬슬 학교도 지겹지?"

"아니, 난 매일매일 즐거운데?"

"왜? 뭐가 즐거워? 나는 맨날맨날 재미없던데."

"선생님이랑 하는 수업도 재미있고, 친구들이랑 노는 것도 재밌거든."

"픕. 나처럼 학교 4년쯤 다녀봐라. 그때도 재미있다고 하려나? 근데 친구 누구? 재영이? 장원이? 혹시 재영이랑 화해한 거야?"

"화해가 뭐야?"

"내 분신이라면서 화해도 몰라? 어휴, 됐다. 아무튼 잘 지낸다는 거지? 네 덕분에 숙제 하나는 풀었네. 고맙다. 그래서 누구랑 논다는 거야?"

"음, 재영이랑 장원이랑, 민지랑 세영이랑 또……. 아무튼 우리 반 애들."

"재영이랑 장원이는 그렇다 쳐도, 민지랑 세영이? 특히 김세영은 너 싫어할걸."

"아니. 민지도 그렇고 세영이도 그렇고 모두가 날 좋아해. 그래서 학교가 더 좋아."

가짜 수재는 흥얼거리며 가방 정리를 했어.

'이 녀석은 도대체 왜 학교가 재밌다고 하는 거지? 민지랑 세영이, 우리 반 애들은 또 뭐고?'

문득 수재는 가짜 수재가 어떻게 학교에서 지내는지 궁금해졌어.

다음 날 아침,

"수재야, 나 학교 다녀올게."

"그래, 잘 다녀와······!"

수재는 가짜 수재에게 잘 다녀오라는 인사를 했어.

그리고 5분쯤 뒤에 모자를 푹 눌러 쓰고 방에서 나왔어.

"수재야, 너 방금 나가지 않았어? 왜 다시 돌아온 거야?"

"모자를 두고 가서요, 이제 나가요!"

수재는 엄마를 따돌리고 가짜 인간을 따라갔어.

가짜 수재는 뭐가 그렇게 좋은지 흥얼거리며 길을 걸어가는 거야.

교문에 다다르고 같은 반 친구들이 보이자, 가짜 수재는 반갑게 인사했어.

"어이! 애들아, 안녕!"

"안녕!"

수재는 이상했어.

평소에는 아는 척도 안 하는 여자애들이랑 반갑게 인사를 하니 말이야.

'아니 쟤는 반 애들이면 다 인사하는 건가? 난 원래 여자애들이랑은 안 친하다고! 특히 세영이, 쟤랑은 완전 원수인데!'

하지만 가짜 수재는 만나는 친구들마다 모두 인사를 하며 들어갔어.

'으, 저 녀석이 내 학교생활을 망쳐놓네! 그리고 쟤네는 내가 이상하게 보이지도 않나……?'

수재는 갸우뚱거리며 가짜 수재와 반 애들을 계속 따라갔어.

하지만 수재가 걱정한 것과 다르게 **가짜 인간**은 수재네 반에서 아주 잘 지내고 있었지.

여자, 남자 가릴 것 없이 누구에게나 밝게 인사했고, 부끄러운 것도 없는지 친구들 앞에서 동물 흉내도 잘 내고 익살스러웠어.

가짜 인간이 무슨 말만 해도 백발백중, 애들의 웃음은 빵빵 터졌지.

반응도 엄청 좋아서 친구들이 무슨 말만 해도 똑같이 함박웃음을 지었어.

수재와 원수지간이었던 세영이도 가짜 수재를 좋아했어.

또 가짜 수재는 어찌나 넉살이 좋던지, 선생님이 말하지 않아도 복도를 깨끗하게 쓸고, 선생님이 무거운 물건을 들고 교실에 들어오기라도 하면,

"선생님! 제가 들게요!"

하면서 손수 선생님의 물건을 들어드렸어.

그런가 하면 학교에 있는 모든 어른, 선생님께 인사를 다 하고 다녔어.

4년 동안 학교에 다녔지만, 날개 운동화를 사용하기 전까지 담임선생님 외에는 수재를 잘 몰랐는데, 가짜 수재가 학교에 다닌 며칠 동안 이미 수재는 학교에서 유명 인사가 되어 있었어.

옆 반 선생님들과 보건 선생님, 교감 선생님, 교장 선생님, 심지어 배움터 지킴이 아저씨도 수재를 알고 있었어.

급식 아주머니도 수재가 항상 밝게 인사하니까 수재가 오기만 하면 맛있는 고기반찬을 듬뿍 주었어.

이렇게 바뀐 건 불과 일주일이었어.

수재는 알 수 없는 이상한 기분이 들었어.

모두가 수재를 좋아하는 것 같기는 한데, 그건 사실 진짜 수재가 아니었으니까.

가짜 수재를 좋아한 거였으니까.

'이렇게 된 게 잘된 일인 걸까? 이게 맞는 거야?'

찜찜한 기분으로 저녁을 먹는데, 엄마가 수재에게 말했어.

"수재야, 엄마가 아까 장을 보러 갔는데, 너희 반 친구 엄마들을 봤거든? 수재가 왜 이렇게 인사성이 밝냐면서 칭찬하더라."

"정, 정말?"

"그래, 그렇다니깐. 네가 반에서 가장 인기가 많다고 애들이 다 그러더래. 방학 동안에 학교에 가기 싫어하더니, 이제 학교 잘 다니기로 한 거야?"

"아, 그런 거 아냐! 엄마는 알지도 못하면서!"

수재는 밥을 먹다 말고 방으로 휙 들어갔어.

"얘, 엄마는 칭찬한 거야, 화났어?"

엄마는 방문에 대고 소리쳤어.

"아, 됐어!"

수재는 방에 들어와서 침대에 앉아 있는 가짜 수재를 보았어.

"왜? 다들 내가 좋대?"

가짜 수재가 킬킬대며 물었어.

"누가 그래?"

"엄마가 방금 그랬잖아. 모두가 날 좋아한다고."

"흥! 네가 아니라 나야."

"하지만 학교에 간 건 나잖아?"

"본체는 나야. 네가 아니라."

"생김새는 같잖아. 네가 나고, 내가 너지."

"이게? 착각하지 마! 그리고 너 내일부터 학교 가지 마, 알겠어?"

"왜, 언제는 가기 싫다고 나보고 가라고 해놓고? 싫어, 난 내일 갈 거야. 네가 시켰잖아. 난 한번 한 약속은 반드시 지켜."

"아니, 이제 안 가도 된다니까? 내가 간다고."

하지만 가짜 수재는 수재의 말을 무시하고는 책가방에서 책을 꺼내더니 책상 앞에 앉았어.

"너, 뭐하는 거야?"

"뭐하긴? 내일까지 숙제해 가야 한단 말이야. 열심히 해서 선생님한테 또 칭찬받아야지!"

수재는 가짜 수재가 가지고 있던 책을 빼앗았어.

"야, 이 책은 원래 내 거였어!"

"선생님이 나한테 내준 숙제야. 넌 집에나 있어!"

"뭐라고?"

수재와 가짜 수재는 책을 뺏기지 않으려고 서로 안간힘을 썼어.

가짜 수재는 수재의 성질을 빼닮아 고집도 셌어.

"수재야, 무슨 일이야? 친구랑 전화하는 거야?"

"앗, 엄마다! 야, 빨리 들어가!"

수재는 가짜 수재를 침대 밑에 억지로 밀어 넣었어.

"아, 아냐. 이제 숙제하려고."

"정말이니? 기특한걸? 엄마는 수재가 이제 학교 열심히 다니는 거 보니까 너무너무 좋다."

엄마는 수재의 머리를 쓰다듬고는 나갔어.

"휴……."

"난 내일 꼭 학교 갈 거야. 한번 시킨 거면 끝까지 해야지. 안 그래?"

가짜 수재가 침대 밑에서 나오며 말했어.

가짜 수재는 아무래도 수재의 말을 듣지 않는 듯했어.

'에잇, 이 녀석! 말을 안 듣네? 가짜인 주제에 진짜인 척 행세하는 것도 마음에 안 들고! 이 음료수 효과, 이제 없애버릴까?'

'말 안 듣고 짜증 나긴 하지만 아직 없애기엔 아까운데……. 일단 지켜볼까?'

수재는 가짜 수재를 어떻게 해야 할지 고민하다가 잠이 들었지.

그러다 눈을 번쩍 떴어.

일어나보니 시간은 아침 9시가 한참 지나 있었고, 가짜 수재는 이미 학교에 가고 없었어.

"에잇, 늦었네. 이제 어쩌지?"

수재는 다시 침대에 드러누웠어.

오후가 되자 가짜 수재가 집으로 돌아왔지.

"나, 왔어!"

"너 언제까지 계속 학교에 갈 셈이야?"

수재는 양 볼에 불만을 가득 담은 채 물었어.

"네가 나한테 가라고 명령했잖아. 난 한번 명령받은 건 지켜."

"수재야, 잠깐 나와봐."

부엌에서 엄마가 불렀어.

"누가 나가?"

"네가 나가야지. 내가 시키는 건 다 한다며?"

수재는 툴툴거리며 말했어.

"그러지, 뭐!"

가짜 수재는 흥얼거리며 나갔어.

"가서 슈퍼에 가서 메모지에 적힌 것 좀 사 올래? 엄마가 깜빡하고 안 사 왔네?"

"알겠어요!"

가짜 수재가 나가는 소리가 들렸어.

"에휴, 쟤는 뭐가 좋다고 저렇게 심부름까지 열심히 해?"

수재는 오전에 보다가 만 만화책을 꺼냈어. 그런데 갑자기 엄마가 방문을 열었어.

"수재야, 너 아직 안 갔어? 지금까지 만화책 보고 있는 거야?"

"아, 그게……."

"아냐, 잘됐어. 엄마가 깜빡하고 두부를 안 적었어, 두부도 한 모 사 오렴. 알겠지?"

엄마는 돈을 쥐여주고는 말했어.

"어서!"

수재는 어쩔 수 없이 밖으로 나갔지.

수재가 슈퍼로 걸어가는데,

"왕수재, 너 원래 쌍둥이였어?"

웬걸, 앞에는 가짜 수재와 장원이, 재영이가 서 있는 거야.

"아냐, 그럴 리가! 너희가 잘못 본 거야. 가자."

가짜 수재는 애들을 데리고 가려고 했어.

"아냐, 봐! 완전 너랑 똑같아, 수재야!"

"아니, 이렇게 똑같다고? 꼭 영화에 나오는 복제인간 같잖아?"

장원이와 재영이는 놀랍다는 듯이 말했어.

"야! 너 왜 자꾸 진짜인 척해? 인제 그만둬!"

수재는 그만 소리를 빽 질렀어.

"뭐라고? 그게 무슨 말이야?"

애들은 수재와 가짜 수재를 번갈아 보며 물었어.

"그만두라고! 이 가짜!"

"네가 그런다고 누가 믿어줄 것 같아? 너나 그만둬!"

수재와 가짜 수재는 서로를 노려봤어.

'가짜 녀석, 점점 우리 엄마에, 내 친구들까지 다 자기편으로 만들고 있어! 이제 더는 못 참겠어. 가짜가 나인 척 행세하는 걸 더 이상 보고 있을 순 없어!'

수재는 곧장 집에 가지 않고 만물상점을 찾아갔어.

"어서 오세요, 인간 손님. 오늘도 물건을 골라보시겠어요?"

"아뇨, 오늘은 물건을 사러 온 게 아녜요. 하나 물어보고 싶은 게 있어요."

"무엇입니까?"

"무지개 음료수 때문에 만들어진 가짜 수재가 자기가 진짜인 척하며 돌아다니는 걸 이제는 참을 수가 없어요. 녀석이 제 학교생활도, 친구도 모두 빼앗고 있다고요! 이 녀석을 어떻게 없애죠?"

"인간 손님, 무지개 음료수로 만들어진 분신은 가짜가 아닙니다. 당신과 똑같은 진짜이지요. 당신이 본체이긴 하지만 본체가 둘로 나뉜 것뿐입니다. 따라서 분신을 없앨 수는 없지요."

"뭐라고요?! 그럼 계속 그 녀석과 같이 살아야 한다는 거예요?"

"분신을 없애는 방법은 딱 한 가지. 분신의 수명이 다하는 것."

"분신의 수명이 다하다니…… 어떻게 하라는 거죠?"

"그건 제가 알 수 없지요. 기다릴 수 없다면 손님께서 또 다른 아이템을 사시면 됩니다. 손님께는 아직 한 번의 기회가 남아 있지 않습니까? 모두 인간 손님의 선택에 달린 것입니다."

"아이템으로 분신을 없앨 수 있나요?"

"그것 역시 인간 손님이 어떤 아이템을 사느냐에 따라 달라지지요."

'그럼 아이템을 지금 사볼까? 하지만 이제 기회는 한 번이야. 계약서를 작성했으니까.'

수재는 남은 기회를 분신을 없애는 데 써야 한다고 생각하니 아까운 기분이 들었어.

'혹시 내가 아이템을 사게 되면 이제 이 가게는 영영 못 가게 되지 않을까?'

"아이템을 사시겠어요, 인간 손님? 제가 추천해 드릴 수도 있습니다."

가게 주인은 히죽 웃었어.

"으……, 아뇨. 오늘은 안 살래요. 좀 더 생각해 보고 올게요……."

"그러시지요."

'가짜 녀석은 싫지만, 녀석 때문에 내 기회를 잃어버리는 건
싫어! 분명 방법은 있을 거야! 녀석이 찍소리도 못하게 할 방법
이……!'

수재는 집으로 돌아왔어.

방으로 들어오니 가짜 수재, 아니 분신은 팔짱을 끼고 수재를
노려보며 앉아 있었어.

"내일 학교에 가야 하는데 어떡할 거야? 너 때문에 내가 둘이
라는 이상한 소문이 돌게 생겼어."

분신 녀석이 꼭 자기가 진짜인 양 말하는 게 수재는 어이가 없
었지.

"뭐라고? 난 원래 하나야! 그리고 내일은 내가 학교에 가서 해
결할 테니 그리 알아. 알겠어?"

"뭐, 좋아. 내일은 네가 가도록 해. 네가 해결하겠다고 했으니,
약속을 지켜."

수재는 이상했어.

녀석이 수재가 학교에 가는 걸 막지 않으니 말이야.

'이 녀석, 내 명령을 받아들이는 게 아니라, 꼭 자기가 생각하고

말하고 행동하는 것 같잖아?.'

다음 날, 수재는 학교에 갔지.

학교 가는 길에 어찌나 많은 친구들, 선생님들이 인사를 건네던지, 정말이지 어쩔 줄 몰랐어.

'그 녀석, 내 학교생활을 완전히 망쳐놨어!'

교실에 들어가니, 오랜만에 장원이와 재영이가 말을 걸었어.

물론 어제 일 때문이었지.

"야, 수재야! 어제 어떻게 된 일이야?"

"어제 그 앤 누구야?"

"음……. 친척이야, 친척."

"친척이라고?"

"요 며칠 동안 친척이 와 있었거든."

"하지만 너랑 너무 닮았는데. 꼭 진짜 복제인간 같았다니까?"

"맞아. 이건 쌍둥이가 아니고는 설명이 안 돼."

"하지만 그랬으면 우리랑 줄곧 같은 학교에 다녔을 텐데, 그것도 이상하지 않아?"

"그러네……. 근데 정말 친척끼리 그렇게 닮을 수도 있는 거야?"

장원이와 재영이는 저희들끼리 말을 주고받으며 결론을 내렸어.

'그래, 뭐……. 어차피 녀석은 곧 사라질 거야. 다신 이런 일 없을 거라고.'

"자리에 앉아라!"

선생님 말씀에 삼삼오오 모여 있던 아이들은 각자 자기 자리로 돌아갔어.

수재는 애들이 다 앉고 남는 자리를 찾아 앉았어.

그사이 자리가 바뀌었거든.

수재는 얼렁뚱땅 넘겼다고 생각했는데, 이제 시작이었지.

자리에 앉긴 앉았는데, 선생님이 수업 시간에 하는 얘기가 하나도 이해가 안 되는 거야.

'맞다, 금팔찌!'

다행히 금팔찌를 챙겼던 수재는 얼른 가방에서 금팔찌를 꺼내서 끼었어.

그런데 너무 이상한 거야.

금팔찌를 아무리 끼고 선생님의 마음속을 읽어도, 친구들의 마음속을 읽어도 수업 내용이 하나도 이해가 안 돼.

물론 답을 적기는 적는데, 답이 바르다고 하는데, 왜 그 답이 나오는지도 잘 모르겠고 너무 답답한 거야.

또 예전엔 친구들의 마음속을 읽는 게 마냥 즐겁고 재미있었거든? 근데 오늘은 좀 달랐어.

"재영아! 학교 끝나고 떡볶이 먹으러 갈래?"

"떡볶이?"

'아이, 유춘이랑 놀기로 약속했는데……'

"미안, 수재야! 나 오늘은 학교 끝나고 바로 학원 가야 해. 나중에 같이 먹자!"

재영이는 말 따로, 마음 따로였지.

'아니, 셋이 같이 놀면 되는 거 아냐? 왜 그러는 거지?'

근데 뭐, 재영이뿐인가. 다른 애들도 말 따로, 마음 따로인 건 마찬가지였어.

"장원아, 점심시간에 축구 안 할래?"

"축구?"

'오랜만에 수재가 축구를 다 하자고 하네. 에잇 그런데 수재랑 축구를 하면 항상 수재네 팀이 이겨서 재미없는데……'

"나 오늘은 교실에서 보드게임 하려고. 다음에 하자."

수재는 다른 친구들에게도 축구를 하자고 이야기했지만, 하나같이 장원이와 똑같은 생각을 했고, 똑같은 말을 했어.

결국 수재는 누구와도 점심시간에 축구를 하지 못했지.

오늘 학교에서는 금딱지, 날개 운동화 모두 쓸모가 없었어.

아니, 오히려 불편한 것투성이였어.

괜스레 짜증도 났지.

'정말이지, 어떻게 해야 할지 모르겠어! 뭔가 엉망진창이 된 것 같아……'

복잡한 마음을 안고 집에 왔는데, 가짜 수재 녀석은 뭐가 좋은지 신나 보였어.

"오랜만에 학교에 가니 어때?"

"그냥, 뭐……."

"별로 재미없었지? 솔직히 말해."

"아니거든?"

"학교 가는 건 이제 나한테 맡기는 건 어때? 난 너무 즐겁거든. 친구들이랑 노는 것도, 수업을 듣는 것도. 너보다 내가 더 잘할 수 있을 것 같아."

"이 녀석이……!"

"수재야, 잠깐 나와봐!"

바로 그때, 부엌에서 엄마가 수재를 부르는 소리가 들렸어.

"네, 나가요!"

가짜 수재는 수재가 무어라고 하기도 전에 먼저 대답해 버리곤 방을 나갔어.

"어휴, 저 녀석이 정말!"

수재는 슬쩍 방문을 열어 분신과 엄마의 모습을 엿보았어.

꼭 사이 좋은 엄마와 아들 사이 같았지.

'엄마는 누가 진짜 아들인지도 모르고!'

수재는 벌러덩 침대에 누웠어.

'그럼 이대로 계속 분신한테 내 자리를 내줄 거야? 네가 진짜잖아, 왕수재! 녀석은 네 걸 훔치고 있다고. 가족도, 친구도, 학교생활도!'

수재는 무지개 음료수를 만지작거렸어.

'혹시 내가 무지개 음료수를 한 번 더 마시면 어떻게 될까? 내 분신이 한 명 더 나오는 건가? 만약 내가 분신을 한 명 더 만들 수 있다면……?'

수재는 마침 좋은 생각이 떠올랐어.

'새로운 분신에게 저 녀석을 없애달라고 하는 거야……! 같은 분신이니 나보다는 서로를 더 잘 알고 있을지도 모르지.'

'그런데 이 방법이 먹힐까? 그럼 또 그다음에는? 새로운 분신은?'

'아냐, 일단 해보는 거야. 가만히 있는 것보다는 낫겠지.'

수재는 다음 날 아침, 학교 가는 길에 새로 생각해 낸 이 방법을 시도해 보기로 했어.

수재는 가짜 수재가 집을 나서는 걸 방문 틈으로 확인했어.

그리고 간격이 벌어지지 않도록 가짜 수재를 따라나섰지.

수재는 가짜 수재에게 들키지 않도록 몸을 숨기며 무지개 음료수를 마셨어.

"으윽, 느낌이 이상해. 두 번째 마셔도 이 느낌은 똑같네."

수재가 메스꺼움을 억지로 참아내는 사이, 뒤에서 소리가 들렸어.

"안녕?"

"아, 안녕?"

뒤를 돌아보니 정말 신기하게도 새로운 또 다른 수재가 서 있었어.

"좋아. 네가 내 분신이지? 내가 시키는 건 뭐든 다 하는 거고?"

"잘 알고 있네? 맞아. 난 네 분신이야."

"그럼 저어기 가는 내 분신이 또 하나 있거든. 녀석이 이젠 내 말을 듣질 않아. 아주 제멋대로지. 혹시 저 녀석 좀 어떻게 안 될까?"

"좋아. 분신에겐 본체가 모르는 약점이 있거든."

'역시……!'

수재는 기쁜 마음을 감추며 새로운 수재에게 말했어.

"좋아, 그럼 내가 이제 학교에 가야 되거든? 저 녀석을 좀 막아 줘."

"알겠어."

새로운 수재는 가짜 수재를 따라갔어.

수재도 녀석들을 따라가기로 했어.

'분신의 약점을 알아야 새로운 수재를 처리할 수 있으니까, 일

단 저 녀석을 따라가 봐야겠어.'

수재가 녀석들을 막 따라가는데, 갑자기 뒤에서 누군가 수재를 불렀어.

"수재야! 같이 가자!"

'앗, 재영이잖아? 녀석들의 모습을 들키면 안 돼……!'

"으, 응, 재영아!"

수재는 재영이가 녀석들을 보지 못하게 시간을 끄느라 일부러 가방을 쏟으며 핸드폰을 찾는 척했어.

"수재야, 네 주머니에 있는 것 아냐?"

"어, 어? 정말이네?"

수재는 분신들이 사라진 걸 확인했어.

"그런데, 재영아. 나 또 집에 깜빡하고 두고 온 게 생각났어. 너 먼저 가."

"정말? 집에 들르면 늦을 텐데."

"꼭 필요한 거야. 근데, 저기 앞에 공사 중이더라. 옆 골목으로 돌아서 가."

"그래? 알겠어."

수재는 재영이를 따돌리곤 분신들이 지나간 길을 따라나섰어.

그러고는 골목 모퉁이를 도는데 웬걸, 가짜 수재 두 명과 딱 마주치고 말았지 뭐야.

"뭐, 뭐야?"

가짜 수재는 미간에 힘을 주며 수재에게 물었어.

"수재 너, 새로운 분신을 만들었구나? 내 약점을 잡으려고?"

"그, 그래. 그래서 뭐? 넌 이제 없어져도 돼! 그만 사라져!"

"흥, 그게 네 맘대로 될 줄 알고?"

새로운 수재도 수재에게 말했어.

"네 계획을 알았으니 난 이제는 본체인 네 말을 들을 수 없어."

"뭐라고? 그게 무슨 말이야?"

"첫 번째 분신이 사라지면 네가 날 사라지게 할 거잖아?"

"그, 그건……."

"난 본체인 너보다 첫 번째 분신이 더 믿음이 가거든."

가짜 수재는 우쭐대며 수재에게 말했어.

"자, 이제 선택해. 우린 둘이고, 넌 하나거든. 네가 쫓겨날래? 아니면 우리를 받아들이고 네 삶을 나눠줄래?"

"지금 날 협박이라도 하는 거야?!"

"아니, 너에게 선택권을 주는 거야."

수재가 어떻게 가짜 수재 둘을 이길 수 있겠어? 수재는 결국 승낙했지.

수재는 막상 신기한 능력이 있는 아이템들을
다시는 쓰지 못할 거라고 생각하니 아쉬워졌어.
"잠, 잠깐만요. 다음에 다시 올게요. 그래도 되죠?"
"그러시죠. 물건을 사는 건 인간 손님의 자유니까요."
수재는 만물상점에서 나왔어.
'분신과 함께 사느냐, 모든 걸 잃느냐 둘 중 하나야…….'

6.

다시 원래대로, 개나리 상자

분신이 둘이나 생기니, 수재는 방에서 나올 일이 더 줄어들었어.

첫 번째 가짜 수재는 학교 가기 담당, 두 번째 가짜 수재는 가족 생활 담당.

분신도 너무 똑같아 구별이 안 되어서 이름도 필요했어.

진짜 수재는 수재 1호, 첫 번째 분신은 수재 2호, 두 번째 분신은 수재 3호가 되었어.

그리고 진짜 수재는 먹고 씻고 싸는 일밖에 하지 않았어.

"어이, 본체! 너무 실망하지 마. 우리는 네 할 일을 대신해 주는 것뿐이니까. 오히려 우리에게 고마워해야 할걸."

심지어 녀석들도 침대에서 자겠다고 우기는 통에, 좁은 침대에 세 명의 수재가 잘 수밖에 없었어.

'내 이름까지 가짜들에게 빌려주다니……. 언제까지고 이런 생활을 계속할 순 없어……. 밖에 마음대로 돌아다닐 수도 없고, 너무 답답해!'

'그래, 저 녀석들만 없으면 원래대로 돌아갈 수 있어. 만물상점에 다시 가봐야겠어.'

하얀 달빛이 내리는 밤, 결심한 듯 일어선 수재는 몰래 집을 나와 만물상점을 찾아갔어.

어두울 때 만물상점을 들른 건 처음이었지.

캄캄한 거리에 상점 안의 빨간 불빛이 어른거려서 유난히 만물상점이 더 잘 보였어.

"아, 안녕하세요?"

"또 오셨군요, 인간 손님."

가게 주인은 까딱 하고 인사했어.

"저, 아이템을 써서 이젠 진짜로 제 분신 녀석들을 없애고 싶어요. 아이템을 추천해 주세요."

"물건을 사러 오셨군요, 인간 손님. 그렇다면 물건 하나를 보여드리지요……."

가게 주인은 까만 드레스를 끌고 가게 안쪽에 있는 나무로 된 문을 열었어.

잠시 후, 가게 주인은 딱딱하고 차가워 보이지만 고급스러운 까만 상자를 하나 가지고 왔어. 노란색 개나리 모양의 꽃 그림이 까만 상자를 덮고 있었고, 보석 같은 것이 여러 개 박혀 있었지.

"이게 뭐죠?"

"개나리 상자입니다."

"개나리 상자?"

"이 상자 속에 인간 손님이 가지고 있던 아이템들을 넣어두는 겁니다. 그렇게 되면 아이템의 효과는 떨어지고, 손님이 골칫거리로 여기던 분신이 사라지게 되지요."

"저, 정말인가요? 그러니까, 이 상자에 그 무지개 음료수를 넣으면 된다는 거죠?"

"그렇습니다. 하지만 그것만 넣어선 안 됩니다."

"그게 무슨 말이에요?"

"인간 손님이 가지고 있던 아이템들을 모두 넣는 겁니다."

"그, 그럼 제가 지금까지 여기서 샀던 금팔찌랑 날개 운동화, 물안경까지 모두 넣어야 한다는 말인가요?"

"그렇습니다. 그것이 개나리 상자를 사용하기 위한 조건이지요. 개나리 상자의 사용은 곧 인간 손님과 저의 계약 파기를 뜻하는 것이기 때문입니다."

"마, 말도 안 돼! 그럼 다른 건 없나요? 차라리 이거 말고 딴 걸 살게요."

"무지개 음료수로부터 만들어진 분신은 이미 인간 손님과 똑같은 생명을 얻었지요. 인간을 없앨 수 있는 강력한 힘을 가진 물건은 없답니다. 하지만 이 상자는 예외입니다. 왜냐하면 계약 파기를 뜻하는 아이템이기 때문입니다."

"윽, 이번이 마지막으로 물건을 살 기회, 맞죠?"

"네, 그렇습니다."

"혹시 이 상자를 사고 나서 계약서를 또 쓰면 안 되나요? 그럼 다시 다섯 개의 물건을 살 수 있게 되잖아요."

"인간 손님, 저희는 한 번 계약한 인간 손님과 또 계약하지 않습니다. 그것이 원칙이거든요."

"아, 안 돼……!"

"이 상자를 사시겠습니까?"

'기껏 결심이 서서 왔는데, 이렇게 되리라곤 전혀 예상하지 못했어. 이제 어떡하지? 이 아이템들이 없으면 난 그냥 평범한 왕수재가 되는 건데. 그건 정말 끔찍하게 싫어……!'

수재는 막상 신기한 능력이 있는 아이템들을 다시는 쓰지 못할 거라고 생각하니 아쉬워졌어.

"잠, 잠깐만요. 다음에 다시 올게요. 그래도 되죠?"

"그러시죠. 물건을 사는 건 인간 손님의 자유니까요."

수재는 만물상점에서 나왔어.

'분신과 함께 사느냐, 모든 걸 잃느냐 둘 중 하나야……'

수재는 집으로 돌아왔어.

하지만 수재 2호랑 3호가 집에 있으니 몰래 현관을 열고 들어올 수밖에 없었어.

엄마 아빠를 깜짝 놀라게 하면 안 되니까.

"어딜 갔다가 이제 들어오는 거야?"

수재 2호가 수재에게 말을 걸었어. 그러면서도 수재 2호는 신나서 이것저것 챙겨 가방에 넣고 있었어.

"네가 상관할 바 아냐."

"그래, 맘대로 해. 대신 다른 사람들한테 들키지나 마."

"그러는 넌, 뭐 하는 거야?"

"가방 싸지 뭐 해?"

"넌 뭐가 그리 좋냐?"

"뭘 말이야?"

"그냥, 다. 어차피 맨날 학교 가서 똑같은 공부 하고, 똑같은 친구들이랑 선생님 보는데, 뭐가 그리 즐거우냔 말야. 어차피 넌 금팔찌도, 날개 운동화도 안 쓰니 수업도 어려울 거고, 운동도 잘 못할 텐데."

"그래도 난 그냥 재미있는데? 그리고 넌 꼭 잘해야 즐겁니?"

"그게 무슨 말이야?"

"네 말대로 수업이 쉽고 운동도 잘해야 즐거운 거고, 그래야 학교에 갈 수 있는 거야?"

"그건 아니지만……. 에잇! 나도 몰라!"

수재는 침대에 가 벌러덩 누웠지.

'개나리 상자밖에는 정말 해결 방법이 없는 걸까.'

"근데, 왜 교과서는 안 넣고 필요도 없는 걸 넣냐?"

"그야, 내일이 체험학습 가는 날이니까."

"뭐라고?! 그걸 왜 이제 얘기해?!"

수재가 벌떡 일어나 소리쳤어.

"학교 가는 건 내 담당이잖아. 네가 상관할 바가 아니잖아."

"내일은 내가 가겠어."

"싫어. 약속은 지켜야지. 학교에 가기 싫다고 나에게 대신 가달라고 한 건 너였어."

"그치만 체험학습은 내가 가장 기다려온 거란 말이야!"

"그래서 뭐? 그럼 네가 여러 명이란 걸 가서 들키려고? 그래도 된다면 가든지. 난 내일 꼭 갈 거니까."

수재 2호는 수재에게 양보할 기미가 보이지 않았어.

'이번 체험학습은 놀이공원인데……. 내가 얼마나 기대했는데!'

억울하지만 어쩌겠어. 수재가 둘, 아니 셋이란 걸 들키는 순간

피해를 보는 건 진짜 수재니까.

수재는 눈물을 머금고 수재 2호가 자기 대신 체험학습 가는 걸 보내줘야만 했어.

수재가 휴대폰을 보는데, 반 채팅방에는 끊임없이 체험학습 사진들이 올라왔어.

사진 속에는 진짜 수재가 아닌 수재 2호가 친구들과 함께 함박웃음을 지으며 서 있었어.

아이들과 선생님, 수재 2호까지 모두 행복해 보였지.

하지만 수재가 가짜 수재들에게 자리를 내줘야만 하는 건 체험학습뿐만이 아니었어.

수재는 우연히 엄마의 전화 통화를 듣게 되었단다.

"어머, 그래요? 알겠어요. 준비할게요."

"엄마, 무슨 일이야?"

"수재야, 할머니가 많이 편찮으시대. 아무래도 병원에 가봐야 할 것 같아."

"정말? 언제부터?!"

"한 달 전쯤부터 좀 안 좋으시긴 했는데, 병원에 입원할 정도이신가 봐. 아빠 곧 오신대. 빨리 준비해서 나가자."

수재는 마음속에 커다란 바위가 '쿵' 하고 내려앉은 기분이 들었어.

생각해 보니 만물상점에 들락날락한 뒤로 할머니를 뵈러 간 적이 통 없었거든.

수재는 불안한 마음으로 방에 들어왔어.

그리고 점퍼를 입으려는데, 수재 3호가 말했어.

"할머니 뵈러 가는 거지? 그건 내가 할 일이니까 넌 집에 있어."

"뭐? 이 바보야, 이건 심각한 일이야. 내가 가야 해."

"가족 일이잖아. 그건 내가 갈 일이지."

"넌 우리 할머니 본 적도 없으면서 왜 네가 간대?"

"네 할머니이기도 하지만 내 할머니이기도 하잖아."

"이게 정말……! 내 할머니가 왜 네 할머니냐? 네가 우리 할머니에 대해서 뭘 알아? 됐으니까 넌 집에 있어!"

"너 우리끼리의 계약을 잊은 셈이야?"

"또 그놈의 계약 얘기냐?"

수재는 참을 수가 없었어.

수재는 수재 3호에게 주먹을 날렸지. 하지만 수재 3호도 참지 않고 수재에게 똑같이 주먹을 날렸어.

"우리 할머니야, 우리 할머니라고!"

"수재야, 뭐해? 빨리 나가야지. 왜 이렇게 시끄러워?"

거실에서 엄마의 목소리가 들렸어.

수재는 눈이 번쩍 떠졌어.

"야, 어서 들어가!"

"내가 왜? 너나 들어가!"

가짜 수재들은 하나같이 들켜도 아무런 상관이 없는지, 들어가려고 하지 않았어.

어쩔 수 없이 진짜 수재가 몸을 숨길 수밖에 없었지.

결국 진짜 수재는 할머니를 보러 가는 걸 포기하는 수밖에 없었어.

집에 혼자 남겨진, 아니 수재 2호와 함께 집을 지킬 수밖에 없게 된 수재는 참았던 눈물을 터뜨렸어.

'내가 지금 뭐 하고 있는 거지? 체험학습도 못 가고, 할머니도 못 만나고……. 할 수 있는 게 아무것도 없잖아!'

수재는 그날 늦은 저녁, 다시 한번 또 몰래 밖으로 나갔어.

아무래도 할머니를 꼭 보고 싶었거든.

수재는 택시를 탔어.

수재가 혼자 타니까, 아저씨가 물었어.

"너 혼자냐?"

"네. 왜요?"

"어른들 없이 이렇게 저녁에 나와도 되는 거냐? 부모님께는 허락 맡았고?"

'으, 오지랖도 넓지.'

"네. 다 얘기했어요. 행복병원으로나 가주세요."

목적지가 병원이라서 그럴까, 아저씨는 군말하지 않고 수재를 태워주었고 곧 행복병원에 내려주었어.

수재는 병원으로 들어가면서 문득 재영이의 마음을 조금 알 것도 같았어.

재영이가 욕쟁이 할머니 일에 왜 그렇게 화를 냈는지 말이야.

'재영이는 그 욕쟁이 할머니가 자기 할머니 같았을 거야……'

'다시 학교에 가면 재영이한테 사과해야겠어. 학교에 언제 갈 수 있을지 모르지만……'

수재는 휴대전화에 적어둔, 할머니가 있는 병실이 어딘지 확인했어.

그러고는 엘리베이터를 탔지. 병실 옆에 '유영화'라고 쓰여 있는 할머니의 이름도 확인했어.

수재는 침을 한 번 꿀꺽 삼키고는 병실로 들어갔어.

그리고 조그만 목소리로 말했어.

"할머니……"

"우리 새끼 왔냐?"

할머니는 힘없는 목소리로 대답해 주셨어.

"할머니!"

수재는 할머니의 주름진 얼굴을 보니 눈물이 터져 나왔어.

할머니는 쿠우를 보러 갔을 때보다 얼굴이 수척해 보이셨어.

그런 할머니의 얼굴을 보니 마음이 시큰거렸지.

"우리 새끼 또 왔냐, 근데 왜 우냐……. 할머니 괜찮은데, 응?"

"그냥 또 보고 싶어서……."

수재는 할머니와 살을 맞대고 있으니 편하고 따뜻하고 좋았어.

"이제 우리 수재 같네."

"그게 무슨 말이야?"

"아까 네가 왔잖냐, 엄마랑 아빠랑. 근데 뭐랄까, 우리 수재 같지 않달까. 애가 밝고 의젓하고 어리광 안 부리는 게 말이야."

"할머니, 그거 내 욕이지?"

수재가 입을 삐쭉 내밀었어.

"아니, 할머니는 지금 수재가 좋지. 아까는 어른들 있다고 멋진 척하려고 그런 거냐?"

"아, 몰라!"

수재는 조금 있다가 할머니에게 물었어.

"근데 할머니, 내가 고민이 있는데, 들어봐."

"그려, 말해보려무나."

"내가 두 가지 선택을 할 수 있어. 하나는 공부도 잘하고 운동도 잘하고 마음만 먹으면 막 사람들 마음도 읽을 수 있는, 아무튼 신기한 능력을 갖고 있어."

"초능력 같은 거니?"

"음, 그런 걸로 하자. 사람들한테 인기도 얻고. 그 대신, 내 마음대로 잘 못 해. 학교도 못 가고, 할머니 보고 싶을 때 못 만나고 막 그래. 그리고 다른 하나는 공부도 잘하지 못하고 운동도 못하고 그런 초능력도 없어. 그리고 맨날 선생님께 혼나고, 친구들이랑 싸우기도 하고 막 그래. 그래도 마음대로 할 수 있는 거. 할머니는 뭘 택할래?"

"당연히 두 번째지."

"왜?"

"인간은 자유롭게 사는 게 제일이야. 첫 번째 사람은 자유가 없잖냐."

"두 번째 사람은 공부도 못하고 초능력도 없는데? 인기도 없고, 맨날 친구랑 싸우고, 울고, 소심하고……."

"공부도 못하고 초능력도 없으면 어떠냐, 사람마다 잘하는 건 다 다르지. 그리고 원래 애들은 다 그러면서 크는 거야. 어른도 완벽한 사람이 없는데, 애들이라고 완벽할까. 싸우기도 하고, 울기도 하고 그러면서 다 크는 거지."

"할머니는 내가 잘하는 것도 없고 친구도 없고 그래도 괜찮아?"

"당연히 괜찮지. 그래도 하나뿐인 내 새낀데."

"정말?"

"그럼. 수재 엄마, 아빠도 그렇게 생각할걸."

"엄마는 아닌 것 같은데……."

"아가, 다 그게 부모 마음이다. 네가 아무리 못났어도 엄마 아빠한테는 하나뿐인 자식이지. 네 아빤 뭐 다 잘했는지 아니? 할머니 속 엄청나게 썩였다."

할머니는 아빠의 어렸을 적 이야기를 해주었어.

어렸을 적 아빠의 이야기에 수재는 웃음이 빵빵 터졌지.

할머니는 수재의 함박웃음에 마음이 놓였는지, 더 늦기 전에 집으로 가라고 재촉하셨지.

할머니와 인사를 하고 수재는 병원을 나왔어.

'가짜 녀석들이 생겨난 뒤로 점점 더 불행해지는 것만 같아……. 생각해 보면 아이템이 없을 때가 훨씬 마음이 편했던 것 같고.'

수재는 결심했어.

만물상점에 찾아가 개나리 상자를 사기로 말이야.

'그래, 이제 다른 사람이 내 행세를 하며 돌아다니는 건 싫어! 이젠 내 마음대로 편하게 다니고 싶어!'

'맞아, 금팔찌나 날개 운동화가 없으면 어때? 다들 그렇게도 잘 만 사는걸. 이제 더 이상 그런 물건들은 나에게 필요 없어!'

수재는 병원에서 나와 만물상점으로 향했단다.

"저, 개나리 상자 주세요!"

"상자를 사러 오셨군요, 인간 손님. 그렇다면 상자를 내어드리지요."

가게 주인은 싱긋 웃으며 전에 보았던 것과 똑같은 까맣고 고급스러운 상자를 가져왔어.

지금까지 보아왔던 차가운 미소와 다르게 뭔가 따뜻한 미소였단다.

"뭘 드리면 되나요?"

"마지막 물건의 값은 치르지 않아도 됩니다."

"아, 그래요……?"

"대신 제가 손님을 위해 이 상자에 선물 하나를 넣어두었답니다."

"음, 감사합니다."

수재는 조심스럽게 개나리 상자를 집에 가져갔어.

그리고 심호흡을 하고는 개나리 상자를 뚫어지게 바라보았지.

"흡, 좋아. 이제 여는 거다. 여기에 지금까지 내가 샀던 물건들을 다 넣고 잠그는 거야. 원래의 왕수재로 돌아가는 거야."

수재는 상자를 열고 금팔찌와 날개 운동화, 물안경, 그리고 마지막으로 무지개 음료수까지 모두 다 넣었어.

그러고는 상자를 닫고 잠갔지.

그러자 갑자기 졸음이 물밀듯 밀려왔어.

"으, 뭐지. 갑자기 되게 졸리네……. 한숨 자야겠어."

수재는 거실에 있는 소파에 몸을 맡겼어.

눈꺼풀은 무거워지고, 힘이 풀리기 시작했단다.

얼마나 지났을까?

"수재야! 일어나, 어서! 학교 가야지!"

엄마는 잠들어 있던 수재의 엉덩이를 찰싹 때렸어.

"아야!"

"왕수재, 방에서 안 자고 소파에서 잔 거야? 빨리 일어나서 밥 먹어!"

수재는 엄마의 말에 갑자기 눈이 번쩍 떠졌어.

"어, 엄마! 내 분신은? 가짜 수재들 말이야!"

"뭐래, 얘가. 꿈꿨니? 빨랑 일어나."

수재는 방으로 달려가 침대 밑, 옷장, 책상 아래 곳곳을 훑었어.

하지만 가짜 수재들은 없었지.

"상자는? 상자는 어디 갔지?"

상자 역시 아무리 찾아도 보이지 않았어.

"이제 난 원래대로 돌아왔어……."

그래, 공부도 못하고 운동도 못하고 철민이에게 당하기만 했던 왕수재로 말이야.

수재의 일상은 아주 평범해졌어.

오랜만에 학교에 가니 좀 어색했어.

교실도, 친구들도, 선생님도 말이야.

처음엔 마냥 어색하기만 했는데, 그래도 금방 학교생활에 스며들어 갔어.

수학은 어렵고, 수업은 지루하고, 친구랑 싸우고, 선생님께 혼나고 뭐 그런 일상들로 완전히 돌아간 거지.

여전히 수재는 시험 전날이 되면 엄마한테 야단맞지 않기 위해 공부해야 했고, 학원에도 가야 했어.

그래도 이젠 그런 것도 좀 괜찮은 것 같아.

며칠 뒤, 만물상점과 가게 주인이 궁금해진 수재는 찾아가 보았어.

'그때 상자 안에 나를 위해 넣어두었다는 그 선물은 뭐였을까? 분명 아무것도 없었던 것 같은데 말이야.'

근데 분명히 이 거리, 이 위치가 맞거든?

하지만 그 수상한 만물상점과 가게 주인은 어디 갔는지 없고,

대신 허름한 수선 가게 하나가 있었어.

창문 너머로 머리가 다 벗겨진 아저씨가 네모난 안경을 끼곤 의자에 앉아 바느질을 하는 게 보였어.

이렇게 순식간에 가게가 바뀔 수 있는 건가?

"저, 아저씨! 혹시 여기 이상한 만물상점 있지 않았나요? 약간 골동품 가게 같고 그랬는데…….."

"그게 무슨 말이냐?"

"제가 분명 며칠 전에도 여길 왔거든요. 그때까지만 해도 빨간 머리에 까만 옷 입은 여자가 가게 주인이었고, 별의별 물건을 다 팔았는데…….."

"어허, 네가 착각한 것은 아니고? 여기, 수선 가게 간판 안 보이니?"

"어? 진짜네……. 혹시 아저씨가 여기 이 가게를 사신 거예요? 언제부터요?"

"윤석이 자꾸 이상한 소리를 하네. 여긴 내가 20년 전부터 줄곧 있었다. 잠깐 자리를 비운 적도 없어."

그때 손님이 들어와서 사장님을 불렀어.

"사장님! 수선 맡길 게 있는데요."

그러나 수재는 다시 물었어.

"정말 아니에요?"

"아니라니까. 예, 주십시오. 어디 옷 좀 한번 볼까요?"

"여기 단이 뜯어져서……."

종이봉투를 든 어떤 아주머니가 들어오는 바람에 수선집 아저씨와의 대화는 끝낼 수밖에 없었어.

'이상하다, 분명히 이 자리였는데……. 그 가게 주인과 나의 계약이 끝났기 때문에 안 보이는 걸까? 계약은 한 번뿐이라더니, 역시…….'

그래도 수재에게 아쉬운 마음은 없었어.

단지 궁금해서 와본 거니까.

'언젠간 또 그 가게를 마주칠 일이 있을까?'

"안녕, 수재야?"

"어? 김희수, 안녕? 별일이다. 너를 여기서 다 보고 말이야."

"응, 나 이 동네 살 거든."

희수는 싱긋 웃었어.

마침 휴대전화 벨 소리가 울렸고, 수재는 전화를 받았어.

"응, 가! 학원 앞에서 봐!"

수재는 전화를 끊고는, 희수에게 말했어.

"희수야, 나 학원 가야 되거든. 먼저 갈게. 내일 학교에서 보자!"

"그래."

수재는 시계를 한 번 보곤, 다시 학원으로 향했어.

희수는, 아니 클라라는 멀어져 가는 수재의 모습을 보며 또 싱긋 웃었어.

'또 보자꾸나. 인간 꼬마.'

'희망'이라는 꽃말

"똑똑."

클라라가 문을 열며 말했어.

"어차피 항상 열려 있는 것, 다 아시잖아요?"

"하하. 나는 손님이 아니라 자네의 친구로서 온 거니까."

바트 씨는 호탕하게 웃으며 말했어.

바트 씨는 만물상점 안으로 들어왔지.

"가게는 여전하구먼. 내 물건은 누가 좀 사 갔나? 그, 갈색 가방 말일세. 무엇이든 다 넣고 보관할 수 있는 가방 말이지."

"바트 씨도 여전하시네요. 안타깝게도 바트 씨의 물건은 아무도 사지 않았죠. 혹시 누가 사 갔더라도 항상 그랬던 것처럼 원래 자리로 다시 돌아오니 필요하시면 언제든 다시 가져가도 좋아요."

"그런 섭섭한 소리 말게. 자네의 그 요상한 장사 원칙도 언제나 똑같구먼. 다시 돌려받을 거면서 뭐하러 파는가?"

"인간들이 그걸로 무얼 할지 보는 게 재밌거든요."

"자네의 요 줬다가 뺏는 장사는 언제까지 할 생각인가?"

바트 씨는 구석에 있는 의자에 앉으며 물었어.

"글쎄요, 더 이상 재미가 없어질 때까지?"

"우리 좀 더 솔직해지세. 굳이 우리끼리 나쁜 사람인 척할 게 뭐가 있는가?"

"우리가 뭐 사람인가요?"

클라라는 바트 씨의 맞은편 의자에 앉았어.

그건 지금부터 진지하게 대화를 하겠다는 뜻이었지.

"바트 씨도 인간 세상을 돌아다녀 봐서 아실지도 모르겠지만, 저한테는 인간들이 가지고 있는 마음이란 게 참 이상해요. 인간들은 자기가 가지고 있는 능력을 하찮게 취급하니까요."

"자네가 물건을 빌려주는 대가로 얻어내는 노력이나 끈기, 뭐
그런 거 말인가?"

"맞아요. 그건 인간들만이 가지고 있는 유일한 '가능성' 같은
거죠. 자신을 변화시키는 힘이고요. 나나, 바트 씨나, 그리고 구
름마을 사람들은 언제나 똑같아요. 늘 바뀌지 않죠. 그 모습 그대
로, 뭔가 더 나빠지지도, 나아지지도 않죠. 저는 그것보다 훨씬 재
밌는 거라고 생각해요. 하지만 인간들은 그런 것들이 얼마나 값진
것인지 잘 모르죠."

"자네 말은, 인간들이 자기가 가지고 있는 능력의 소중함을 스
스로 깨닫게 하기 위해서라는 건가?"

"글쎄요, 인간들은 자기가 가지고 있던 걸 잃었을 때 그 소중
함을 깨닫거든요. 그리고 세상엔 공짜가 없잖아요? 처음 보는 인
간에게 보증금 없이 구름마을 사람들의 물건을 어떻게 빌려주나
요?"

"흠, 맞는 말일세."

바트 씨는 옆에 있는 까만 공을 짚어 두어 번 튕겨보곤, 클라라에게 또 물었어.

"만약 인간들이 그걸 깨닫지 못하면? 자네는 인간들에게 다섯 번의 기회를 주었지. 가장 마지막은 개나리 상자를 선택할 수 있도록 하고 말이야. 하지만 그것 말고 자신의 욕심을 채우기 위한 선택을 할 수 있지 않은가?"

"글쎄요, 공짜로 얻은 능력이나 재물들은 언제나 파국이죠. 왜냐하면 처음부터 자기 것도 아니었고, 어렵게 얻은 결과가 아니니. 인간들 사이에서도 그런 게 있대요. 복권에 당첨되면 오히려 불행해진다나? 쉽게 얻은 돈이니 금방 써버리는 거죠. 가족들, 친구들도 다 잃고요."

"오호."

"그리고 인간들은 깨닫죠. 자기 자신이 제일 소중하다는 걸. 그래서 마지막은 자신을 살리기 위한 선택을 하는 거예요. 결국 인간들이 가지고 있는 신기한 '가능성'이란 것도, 자기 자신이 있어야 시작할 수 있는 거거든요. 그걸 모르는 인간들은 차라리 없어지는 게 나아요."

"무서운 소리 하기는! 어쨌든 참 흥미롭구먼. 그래서 다 자네 뜻대로 인간들이 선택하는가?"

"열에 아홉은요."

바트 씨는 웃으며 의자에서 일어났어.

"자네의 깊은 뜻을 오늘 처음 알았네."

"저도 바트 씨가 허풍쟁이인 줄 알았는데 따끔한 질문도 하실 줄 아시네요."

"구름마을에 누군가는 허풍쟁이가 되어야 재미있지 않은가! 마치 클라라 자네가 인간 세상에 짓궂은 장난을 치는 것처럼 말이야. 다음에는 허풍쟁이 손님으로 오겠네."

"바트 씨의 방문은 언제나 환영이죠. 바트 씨의 입담을 듣는 것이 구름마을 사람들의 유일한 재미니까요."

바트 씨는 문을 열고 나가려다, 다시 뒤를 돌아보았어.

"클라라, 마지막으로 궁금한 것이 하나 있는데 그 요상한 상자 이름에 왜 '개나리'라는 인간 세상의 꽃 이름을 붙였는가?"

"꽃말이 마음에 들어서요."

클라라는 싱긋 웃었어.

"그게 무엇이지?"

"'희망'."

"하하, 그렇구먼. 잘 지내게, 클라라!"